셀프 스토리, 내가 쓰는 겁니다

셀프 스토리, 내가 쓰는 겁니다

초판 1쇄 발행 2020년 04월 15일

지은이   김현주
발행인   조상현
마케팅   조정빈
편집인   김유진
디자인   김희진

펴낸곳   더디
등록번호   제2018-000177호
주소   경기도 고양시 덕양구 큰골길 33-170
문의   02-712-7927
팩스   02-6974-1237
이메일   thedibooks@naver.com
홈페이지   www.thedifference.co.kr

ISBN   979-11-61252-46-9 03800

더디 | 더디퍼런스 | 마이북

나의 가치를 높여주는
독립형 자기소개서

셀프 스토리,
내가 쓰는 겁니다

김현주 지음

덤

나를 가장 잘 아는 사람은 '나'

인터넷에 '자기소개서'라는 키워드만 검색해도 수백 개의 자기소개서 컨설팅 회사가 나온다. 처음부터 끝까지 자기소개서를 대필해주는 곳부터 간단히 수정만 해주는 곳까지 다양한 옵션으로 지원자들을 유혹한다. 자기소개서 컨설팅 비용도 천차만별이다. 적게는 몇만 원이지만, 천만 원대를 육박하기도 한다. 그 돈을 내고 자신의 간단한 정보, 예컨대 출신 학교, 외국어 점수, 대외활동 등과 같은 정보만 제공하면 완벽한 자기소개서를 손에 잡을 수 있다.

기업 채용 전문가 또는 글쓰기 전문가들이 투입되어 있

는 이 같은 사교육 시장은 다양한 지원자들의 불안 심리를 이용하는 대표적인 비즈니스 모델이다. 하지만 알다시피 아무리 많은 돈을 투자하여도 자기소개서 대필이 합격까지 책임져 주지는 않는다. 입사 컨설팅 회사에서 자기소개서를 담당하는 전문가들의 전문성을 검증할 길도 없다. 그들에게 어떻게 나의 미래를 맡길 수 있을까? 합격하면 그들의 공으로 돌리고, 반대로 떨어지면 충분하지 못했던 나의 스펙을 탓하며 스스로를 자책하는 일은 이제 그만두어야 한다.

자기 자신에 대한 검증된 전문가는 '나' 자신이다. 간단하다! 그러므로 자기소개서는 자기 스스로가 써야 한다. 그 이유는 무엇일까? 감상적인 이유보다는 현실적인 이유를 찾는 것이 당신을 설득하기에 더 현명하고 빠르므로 몇 가지 이유를 들어보겠다.

첫 번째, 전문가가 만든 자기소개서는 전문가가 제일 먼저 눈치 챈다.

회사 또는 학교에서 점수를 매기고 개입할 현직의 채용 전문가들은 수백, 수천 장의 자기소개서를 읽는다. 그들은 전문가에게 의뢰한 자기소개서를 족집게처럼 찾을 줄 안다. 쉽게 말하면 티가 난다는 뜻이다. 채용 전문가들의 문법은 곧 컨설팅 회사의 문법이기도 하다. 회사의 채용 전문가는 컨설팅 회사의 전문가가 되기도 하며, 그 반대가 되기도 한다. 그들은 이미 서로의 정보와 노하우를 알고 있다고 생각하면 된다. 그러니 간단한 수정은 몰라도 대필 정도의 전문가 개입은 가급적 맡기지 않는 것이 좋다.

두 번째, 자기소개서는 여러 맥락에서 평가된다.

자기소개서의 핵심은 자신이 하고 싶은 말을 정확하게 전달하는 것이다. 외국어 시험 점수나 기술, 능력 자격증 등은 수치화가 가능하지만, 자기소개서는 점수로 수치화할 수 없을 정도로 복잡한 맥락 안에서 평가된다. 따라서 글 자체의 수려함이나 형식에 너무 치중하다 보면 반드시 써야 할 것을 놓치는 경우가 많다. 또 가독성 있는 문장력과 적절한 문단 배치는 자기소개서의 핵심이 아니다. 그보다는 자신의 경험과 포부가 지원하는 회사의 성격과 잘 맞는가를 보여주는 것이 중요하다.

세 번째, 자신의 경험과 포부를 가장 잘 아는 사람은 자기 자신이다.

지원하는 학교나 회사가 자기소개서를 필수로 요구하는 이유를 생각해보자. 그들은 내가 그동안 어떤 삶을 살아온 사람인지 궁금해한다. 지원하는 회사와 일할 수 있는 역량과 능력, 가능성, 또 앞으로의 포부와 목표, 삶을 대하는 태도를 묻고 있는 것이다. 이 모든 것들은 컨설팅 회사보다 나 자신이 더 잘 알고 있다. 그러니 표현하는 방법만 알고 있으면 더 이상 두려워할 것이 없다.

이 책의 목표는 오직 한 가지이다.

"자기소개서는 내가 쓴다!"

이 목표를 붙들고 '자기소개서를 쓰기 전'에 해야 할 일들을 꼼꼼하게 정리해 놓았다. 그것은 다름 아닌 나 자신, 즉 나의 이야기를 찾는 일이나 마찬가지이다.
자, 이제 불안을 접고 자기소개서의 첫 문장을 시작해 보자.

차례

지원하는 곳에 맞는 나의 스토리
기업이 원하는 스토리로 구성하기

NCS 기반 자기소개서 항목 분석하기

7단계 자기소개서에 무엇을 쓸까?
자기소개서 실제 쓰기 ①~④

자기소개서, 이것만은 꼭 지키자
자기소개서 질문 분석하기

실천 가능성을 높이는 방법
다시 스토리텔링을 하는 과정

1) 쓰고 싶은 것만 쓴 자기소개서
2) 장점을 직무와 연결한 자기소개서
3) 스토리텔링한 자기소개서
4) 스펙만 나열한 자기소개서
5) 자유 형식 자기소개서

01

나를 새롭게 배치하라

셀프 이미지에서 탈출하기

자기소개서 쓰기의 기본은 내가 지원해야 하는 곳에서 어떤 사람을 원하는지 잘 파악하는 것이다. 내가 지원해야 하는 곳을 쉽게 '회사'라고 가정해보자(이곳은 학교일 수도 있고 특정 집단일 수도 있다).

회사에서 원하는 사람이 과연 '나'일까? 회사에서 원하는 사람이 되기 위해서 '나'는 어떤 사람이 되어야 할까? 또 내가 가진 능력은 무엇일까?

입시를 치르거나 회사에 입사하기 위해 '나'를 다른 사람들에게 설명해야 할 때 '나는 누구인가?'라는 질문 앞에 서게 된다. 입사 과정에서 필수로 요구되는 자기소개서에는 미학적으로 아름다운 글쓰기나 철학적이고 진지한 자기성찰이 필요한 게 아니다. 중요한 것은 '나'를 객관적으로 보는 시각이다.

그러므로 자기소개서 쓰기는 '나는 누구인가?'란 물음에서 시작해서 나의 과거, 현재를 통해 미래의 삶까지 모두 어우러져야 하며, 자신의 경험을 적절한 위치에 전략적으로 배치하는 것이 중요하다. 자기소개서를 쓰기 위해 필요한 자기성찰과 새로운 계획 세우기의 과정은 자신을 발견하고 탐구하는 자기성찰 단계와 유사하게 맞물리며, 과거와 현재의 '나'뿐만 아니라 미래의 가능성을 발견할 수 있다.

지금부터 시작되는 자기소개서 쓰기는 과거와 현재의 경험들을 새롭게 배치하여 내가 원하는 성공적인 '나'의 모습을 위해 계획하고 실천하는 미래를 향한 글쓰기가 될 것이다.

대부분의 사람들은 자기소개서를 발등에 불이 떨어졌을 때 쓰기 시작한다. 그러나 누구나 쓰는 뻔한 자기소개서가 아닌 차별화된 자기소개서를 쓰기 위해서는 자신을 기획하는 전략이 필요하다. 미리 좋은 전략을 계획하지 못했거나, 이력서에 넣을 경력이나 스펙이 남들보다 부족하다고 생각하더라도 늦은 건 아니다. 자기 경험들을 자기소개서에 어떻게 배치하는지에 따라 스스로 생각한 것보다 훨씬 괜찮은 사람이 되기도 하기 때문이다(배치의 전략은 3~5장에서 다

룬다). 하지만 이 모든 전략의 첫걸음은 내가 되고 싶은 '나'의 모습을 상상하는 것부터 시작된다. 그럼 이제부터 '나'는 누구인지, 나는 어떤 사람이 되어야 하는지 상상하기 위한 첫걸음을 시작해보자.

필자는 대학생을 대상으로 '미리 쓰는 자기소개서'를 주제로 강의할 때, '이상적인 자신의 모습'을 그려보라고 하곤 한다. 그런데 시작하기도 전에 부정적인 반응이 나오는 경우가 있다. 이상적인 자신의 모습을 그려볼 때 자신의 현 위치와 자신이 가진 부정적인 면이 먼저 떠오르기 때문이다. 학자금 대출, 아르바이트, 부족한 어학 실력, 학력, 학점뿐만 아니라 지역, 성별, 인종까지 자신이 가진 조건들을 나열하고 나면 자신을 긍정적으로 상상하는 것조차 어렵게 된다.

'내가 성공할 수 있을까? 사회에서 말하는 성공적인 삶을 살아갈 수 있을까?' 이런 생각은 내가 진짜 무엇을 원하는지, 하고 싶은 일이 무엇인지 등 나의 핵심욕망을 깊게 고민할 수 없게 만든다. '이상적인 나'를 그려보는 것은 단순한 상상일 수 있지만, '이상적인 나'는 '현실의 나'로부터 비롯된다. 인간의 상상력은 현실과 완전히 동떨어질 수 없고, 우리의 경험과 지식은 언제나 상상력의 기반이 되기 때문이다.

"아르바이트로 하루하루 살고 있는데 이상적인 나의 모습을 그리는 게 무슨 의미인가요?"

"저도 이상적인 나를 꿈꾸고 싶어요. 하지만 저는 지금 아무 것도 가진 것이 없어요."

"지방대라 취직이 쉽지 않아요. 이상적인 나를 그리려면 대학부터 바꾸어야 하는데 지방대 졸업을 바꿀 수는 없잖아요."

"이상적인 모습이 되려면 외국 학위는 필수인데 그 돈은 누가 주지요?"

"취직도 어떻게 될지 모르는 상황이라 이상적인 나를 그리다 보면 더 우울하기만 해요."

"나에게는 그럴 만한 돈이나 자원이 없습니다."

　　상상의 기로를 막아서는 여러 방해 요소들 때문에 우리는 현재의 삶에서 '나'를 긍정적으로 그리는 것조차 어렵다. 위에 나열된 셀프 이미지(self image)는 바로 우리 삶을 부정적으로 이끄는 기운이다. 내가 갖고 있는 조건들은 그럴싸한 곳에 취업할 때 반드시 필요한 스펙과는 거리가 멀기 때문에, 그 거리를 극복하기 위해서 할 수 있는 것이 아무것도 없다고 생각하기 쉽다. 그런데 문제는 여기에 있다. 극복할 수 없다는 생각은 자신이 가진 조건들을 자꾸 숨기거나 은폐하는 방식으로 나의 프레임을 축소시키며, 자신이 갖고 있는 긍정적인 모습조차도 볼 수 없게 만든다.

　　심리학자 최인철 박사는『프레임』에서 "자신이 가장 되고 싶은 이상적인 자기를 만들어 보고 그 사람의 이야기를 계속해서 자신에게 들려줘라. 반복해서 들려주는 상상 속의 이야기가 현실을 만들어낼 수 있기 때문이다."라고 말한다. 이상적인 자신의 모습을 반복해서 상상하는 것으로 현실과 이상의 거리를 좁힐 수 있다는 말에는 공감하지만, 이상적인 모습을 상상하는 과정은 자신의 조건 밖에서 이루어지므로 사실상 불가능하다. 예컨대 자신이 다니는 학교와 학점에 콤플렉스를 가진 사람이 좋은 학교와 학점을 상상하는 것만으로 편입이나 재입학이 되는 것은 아니다. 그것을 이루기 위해서는 많은 비용과 시간을 투자해야 한다. 그럼에도 불구하고 원하는 것을 '진심으로' 원한다면 모든 꿈이 이루어질 수 있다는, 마치 현실에서 발을 뗀 허공에 둥둥 떠도는 말들을 많이 들어왔을 것이다.

단순히 부정적인 프레임을 벗어 던지고 긍정적으로 사고해야 한다는 말은 우리에게 어떠한 영향력도 미치지 못한다. 하지만 방법은 있다. 내가 가진 다양한 조건들 안에서 '나'를 긍정하는 것이다. 자기성찰, 새로운 배치와 전략을 통한 자기 긍정은 새로운 경험들을 불러오고 기존의 관계들과 환경 안에서 자신을 확장할 수 있는 가능성을 열어준다.

그림책『하지만 하지만 할머니』의 주인공은 "하지만 하지만"이라는 말을 달고 사는 98세 할머니이다. "하지만 하지만"으로 시작되는 말로 핑계를 만들면서 아무것도 하지 않으려고 하고, 아무데도 가지 않으면서 할 수 없다는 말만 반복한다. 그런데 이런 주인공에게 99번째 생일날 사건이 한 가지 일어난다. 케이크에 꽂을 초가 망가져서 단 5자루의 초로 생일을 축하받고, 이후 할머니의 말은 모두 "하지만 하지만, 다섯 살인걸."로 바뀌게 된다. 99세의 할머니는 다시 5살이 되어 넓은 개울도 뛰어넘고, 물속에 들어가 물고기도 잡는다. "하지만 하지만"이라고 말하느라 하지 못했던 일들에 하나하나 도전하면서 "어째서 좀 더 일찍 다섯 살이 되지 않았을까?" 하고 아쉬워한다.

이처럼 우리 자신에게도 "하지만 하지만"이란 말로 스스로의 발목을 잡는 부정적인 '셀프 이미지'가 있을지 모른다. '셀프 이미지'는 각자가 인식하고 있는 자기 이미지를 말하는 것으로, 스스로를 긍정적으로 바라보는지, 부정적으로 바라보는지에 따라 자기 인식이나 자기 개념이 달라진다. 스스로가 만든 부정적인 '셀프 이미지'가 많으면 많을수록 어떤 행동을 하거나 새로운 도전을 할 때 불필요한 제약을 계속 만드는 바람에 결국 무기력에 빠지거나 낮은 자존감에 시달리는 것이다.

늙고 병든 99세 노인의 생일 케이크에 꽂혀 있던 99개의 초는 아마 부정적인 '셀프 이미지'들이었는지도 모른다. 할머니는 자신을 부정하고 제약하는 셀프 이미지들을 수많은 초들과 함께 날려버렸고, 새로운 일들을 하나둘 시작할 수 있었다. 이처럼 나에게 부정적인 프레임을 씌우는 것은 나자신이지 환경이나 특정 사람들이 아니다.

윌 스미스와 아들이 함께 출연해서 화제가 된 영화 〈행복을 찾아서〉는 노숙자에서 억만장자가 된 '크리스 가드너'의 실화를 영화화한 것이다. 주인공 크리스 가드너가 그린 가장 이상적인 자신은 어떤 모습이었을까?

어느 날 크리스 가드너는 고급 승용차 페라리에서 내리는 사람을 보고 어떤 일을 하기에 페라리를 타느냐고 묻는다. 그 사람은 주식중개인이 되면 페라리를 탈 수 있다고 했다. 이 말에 크리스 가드너는 주식중개인이 되어야겠다는 목표를 정한다. 스스로가 생각하는 가장 이상적인 자신의 모습은 '페라리를 타는 주식중개인'이었다. 그러나 현실은 한물 간 의료기를 판매하는 외판원…. 항상 무거운 의료기를 들고 다니지만 판매가 쉽지 않고, 수입이 점점 줄어들자 부인은 떠나고 집까지 잃어 아들과 함께 노숙자가 된다.

말 그대로 빈털터리가 된 크리스는 주식중개인 교육을 받기 위해 60명을 뽑는 면접에 지원하여 우여곡절 끝에 선발된다. 그러나 60명 중 한 명만 인턴을 할 수 있고, 인턴이 되더라도 보수는 없는 최악의 조건이었다. 그럼에도 불구하고 그는 하루 200명의 고객과 전화를 한다는 목표를 정한 뒤, 화장실 가는 시간조차 아끼기 위해 물도 마시지 않았다. 돈 한푼 없이 인생의 바닥을 친 크리스는 왜 다시 최악의 조건 속으로 걸어 들어갔을까? '페라리에서 내리는 주식중개인'이라는 환상에서 벗어나지 못하고 스스로를 망쳐버린 것일까? 자신의 순진한 욕심 때문에 직업과 가족을 모두 잃은 크리스는 주식중개인이 되기 위해 자신이 할 수 있는 모든 노력을 쏟는다.

그는 자신의 저서에서 "상황이 나빠지고 진정으로 포기하고 싶을 때가 더욱더 추진력을 발휘해야 할 순간이다. 게임이란 역경이 닥치기 전에는 시작되지 않는 법이다. 나도 안 된다고 생각되어 포기하고 싶을 때가 있다. 그때 그 자리에서 다시 시작하라. 세상에서 가장 큰 선물은 자기 자신에게 기회를 주는 삶이다."라고 말했다. 크리스가 아들과 당장 먹고 입을 것도 구하지 못하는 상황에서 페라리를 꿈꾸는 것은 아들의 양육을 거의 포기하고 자신의 허황된 꿈만 쫓는 것으로 보일 수 있다.

하지만 크리스의 이기심은 모든 것을 잃은 상태에서도 긍정적인 셀프 이미지를 통과하여 모든 것을 걸고 인턴 자리에 도전했다. 그의 이야기는 모든 것을 잃은 극단적인 상황에 놓인 사람만이 가능한데다 성공 확률도 매우 낮은 기적 같은 스토리이지만, '셀프 이미지'를 어떻게 활용할 수 있는지를 잘 보여주고 있다. 확률이 낮은 성공 스토리일수록 더욱 힘을 얻고 스스로를 발전시킬 수 있다. 이 성공 스토리가 고난과 역경, 노력, 그리고 기회 획득과 성공을 통해 크리스의 성공 과정을 낱낱이 보여준 것 같지만 사실 그렇지 않다. '페라리를 타는 주식중개인'이라는 꿈을 쫓은 이 성공 과정 뒤에 있는 경험과 사건들은 우리가 몰라도 되는, 임파워링(empowering)에 도움이 되지 않는 이야기들이기 때문에 크리스의 자서전에서 적혀 있지 않다.

실패한 사람들의 이야기 속에서는 실패 원인이 많이 들어 있지만, 성공한 사람들의 이야기에는 성공의 원인을 찾아볼 수 없다. 그저 '포기하지 않는 것'이라는 메시지를 남기고 마지막 장의 마침표를 찍을 뿐이다.

사실 크리스의 성공 스토리는 우리의 스토리와 다르지 않다. '셀프 이미지'를 활용하여 자신의 욕망을 탐구하고 긍정적인 미래를 계획하고, 자신의 경험을 어떻게 배치하는지에 따라 그 스토리가 지금과 달라질 수 있다.

● 크리스 가드너의 핵심욕망 찾기

셀프 이미지	핵심욕망
난 집도 없다. 난 아내도 떠났다. 난 아들과 함께 노숙자 신세이다. 난 대학도 나오지 않았다. 전 재산이 달랑 21달러이다.	난 주식중개인이 되어 페라리를 탈 정도로 성공하고 싶다.
나에게 있는 부정적인 이미지	부정적인 나의 이미지가 모두 사라졌다면 무엇을 하고 싶은지 나의 핵심욕망을 적어본다.

크리스가 핵심욕망을 찾지 못했다면 셀프 메시지에 갇혀서 성공의 열쇠가 되어준 인턴에 지원하지 못했을 것이다. 현실적이지 않은 욕망이라고 할 수 있지만, 그는 핵심욕망을 찾았다. 주식중개인으로 성공하기 위해 화장실 가는 시간까지 줄이며 물도 마시지 않고 고객에게 전화를 걸었다. 결국 60명 중 한 명으로 선발되었고, 자신의 핵심욕망을 이뤘다.

지금 당장 노트에 여러분이 가지고 있는 셀프 메시지를 적어보고, 그것이 모두 해결되었다고 가정하고 정말 하고 싶은 핵심욕망을 적어 보자.

이상적인 '나'의 미래 그리기

자기소개서 쓰기는 가장 이상적인 자신의 모습을 그려보는 것에서 시작해야 한다. 자신의 모습을 담아 자기소개서를 쓴 후, 실천을 통해 이상적인 나를 현실화하는 과정이 자기소개서의 첫걸음이다.

영화감독 스티븐 스필버그는 열두 살 때 이미 아카데미 시상식에서 수상 소감을 말하는 모습을 상상했다. 너무도 생생하게 그 꿈을 말했기에 주변 사람들까지 스필버그의 꿈을 알았다고 한다. 스필버그는 "나는 열두 살 때 영화감독이 되겠다고 마음먹었다. 단순하게 소망한 것이 아니라 내 꿈을 분명하게 그렸다."라고 말했다.

이상적인 나의 모습을 그림으로 그려보자. 그림 실력이 중요한 것이 아니라 그림을 그려 벽에 걸고 계속 바라보면서 시각화하는 것이 중요하다. 영화 〈쿵푸 팬더〉의 주인공 포는 무적의 5인방 인형을 가장 잘 보이는 곳에 두고 그것을 보며 쿵푸 연습을 했다.

긍정적인 말의 힘은 위대하다. 이것은 단순히 긍정적인 생각과 최선을 다하는 자세를 뜻하지 않는다. 이상적인 나의 모습은 현재 나의 모습을 기반으로 만들어지므로, 이상적인 '나'를 긍정하는 일은 이상적인 '나'를 실현 가능하게 하는 첫걸음이 된다.

현재의 나를 만든 사회적, 문화적 요소가 무엇이었는지 생각해보자. 그리고 지금 잘 풀리지 않는 문제나 이루고 싶은 일이 있다면, 최대한 구체적으로 계획을 세우는 것이 중요하다. '나'를 만드는 것은 내가 가진 조건과 경험이다. 그러한 과거가 나를 이루고 있다면, 오늘 내가 한 말들은 실제로 미래의 나에게 영향을 미칠 수밖에 없다.

이상적인 나의 모습을 구체적으로 그리면 이상적인 미래와 더욱 가까워진다. 계획을 구체적으로 세우는 일은 자신의 꿈을 실현 가능하게 만들고 현실에 발을 딛게 한다.

구체적인 계획을 지속적으로 실행하기 위해 이루고 싶은 목표를 벽에 붙여두는 것도 좋은 방법이다. 작은 성취에도 자신을 칭찬하고 긍정적인 변화를 모색해야 한다. 과거에 얽매여 전전긍긍하는 것보다 나의 미래에 투자하자. 닮고 싶은 가장 이상적인 모습을 그려가고, 그 이야기를 반복하고, 그것을 현실로 만들어가는 일은 자기소개서 쓰기, 즉이야기를 배치하고 구성하는 데 중요한 바탕이 된다.

02

과거의 '나'를 미래의 '나'로 기획하라

'나'도 꽤 괜찮은 사람이구나

SWOT 분석은 마케팅 전략을 수립하기 위한 기법 중 하나로, 경쟁 상대보다 우위를 차지하기 위한 기법이다. 이 기법을 통해 강점과 약점을 발견하고 외부 환경을 분석해 기회와 위협을 찾아내 이를 토대로 강점은 살리고 약점은 보완, 기회는 활용하고, 위협은 억제한다. 이때 사용되는 4요소를 강점(strength), 약점(weakness), 기회(opportunity), 위협(threat)이라고 한다.

구분	기회(O)	위협(T)
강점(S)	강점으로 기회를 살린다.	강점으로 위협을 극복한다.
약점(W)	기회로 약점을 극복한다.	약점과 위협을 제거할 수 있는 전략을 세운다.

〈행복을 찾아서〉의 주인공 크리스 가드너는 페라리에서 내리는 사람에게 두 가지를 물었다.

"멋지네요. 두 가지만 물어볼게요. 무슨 일을 하시나요? 그리고 당신은 어떻게 성공한 거죠?"

페라리에서 내린 남자는 이렇게 대답했다.

"나는 주식중개인으로 일해요."

"주식중개인? 대학을 나와야 하겠네요."

"아뇨, 숫자에 밝고 사교성이 좋으면 돼요."

훗날 크리스 가드너는 스스로의 성공 비결을 숫자에 밝은 것(거래의 가치와 기회)과 사람 만나기를 좋아하는 것이라고 말했다. 의료기 외판원이었던 그는 사람 만나기를 좋아할 뿐만 아니라, 거래 감각과 계산능력을 갖추고 있어 영업직에 딱 어울리는 사람이었다.

● 내가 가장 닮고 싶은 인물 SWOT 분석하기

〈행복을 찾아서〉의 크리스 가드너	O(기회) 주식중개인이 될 수 있는 인턴십	T(위협) 아들과 함께 노숙자 신세가 되었다.
S(강점) ① 긍정적이다. ② 말을 잘한다. ③ 포기하지 않는다. ④ 솔직하다. ⑤ 머리가 좋다.	**강점으로 기회를 살린다.** ①뛰어난 언변과 솔직함으로 면접을 통과할 수 있었다. ②긍정적이고 적극적인 성격으로 고객을 확보할 수 있었다. ③좋은 머리로 시간을 절약하는 방법을 고안하여 많은 고객에게 전화를 할 수 있었다.	**강점으로 위협을 극복한다.** ①아들과 노숙자 쉼터를 전전하고 아들을 화장실에서 재울 수밖에 없는 상황에서도 할 수 있다는 긍정적인 생각을 가졌다. ②불이 모두 꺼진 노숙자 쉼터에서 랜턴으로 불을 밝히며 주식 공부를 했다.
W(약점) ① 집이 없다. ② 직업이 없다. ③ 아들을 보살펴야 한다. ④ 최종 학력이 고등학교이다.	**기회로 약점을 극복한다.** ①집이 없고 아들까지 돌봐야 하는 상황에서 더 이상 물러설 곳이 없었기에 누구보다 더 절실했고, 정규직이 되겠다는 의지가 강했다. ②고등학교 졸업자지만 대학 졸업자보다 능력을 더 발휘하는 모습을 상사가 긍정적으로 보았다.	**약점과 위협을 제거할 수 있는 전략을 세운다.** ①아들이 있었기에 힘을 낼 수 있었다. ②고등학교 졸업이라는 약점을 극복하기 위해 더 열심히 공부했다. ③아들을 돌봐야 하기 때문에 쉬는 날 고객을 만났다. ④다른 사람보다 절실했기에 더 많이 움직였고, 더 많은 사람을 만날 수 있었다.

● 나의 SWOT 분석을 위한 체크리스트

이름, 나이, 성별, 학력
가족 관계, 가족 구성, 부모님, 형제 관계, 어린 시절 가정환경, 부모님의 훈육 태도, 가족과의 대화 방식
이성 관계, 취미와 관심사, 여가활동, 아르바이트, 인턴 경험, 사회 참여 경험
학교 성적, 긍정 경험과 부정 경험, 좋아하는 과목과 싫어하는 과목, 친구 관계, 교사와의 관계, 동아리 활동, 봉사활동, 외국어 능력
일상생활의 경험, 평범한 나의 하루 일과, 좋아하는 음식과 싫어하는 음식, 잘하는 운동, 정기적으로 하는 운동
하고 싶은 일, 가치관, 잘하는 일과 좋아하는 일, 성취 경험, 좌우명
질병 여부, 입원이나 치료 경력

● 나의 SWOT 분석하기

	기회(O)	위협(T)
강점(S)		
약점(W)		

새로운 것에 도전하는 방법

SWOT 분석으로 자신을 자세히 들여다보았다면, 그것을 참고하여 자신의 약점과 위협을 극복하고 기회를 강화시킬 수 있는 방안을 정리하고 구체적인 목표와 실천 가능한 목표를 정한다. 강점과 기회가 무조건적으로 좋은 것은 아니다. 위협과 기회는 스스로를 움직이게 하는 동력이자 새로운 역량을 발견할 수 있는 기회가 될 수 있다. 그러므로 기회와 강점을 무조건 긍정적인 것으로, 위협과 약점을 부정적인 것으로 인식하지 않는 것이 중요하다. 더불어 이러한 실천 목록에 우선순위를 매겨 정리하는 것이 좋다.

1) 학점 관리

대학 1, 2학년 때부터 시작하는 것이 좋지만, 늦었다면 계절학기를 통해서라도 평균 학점을 높이는 것이 낫다. 학점은 기본적으로 자기 관리를 평가받는 항목이며, 다른 스펙과 달리 졸업 이후 수정하거나 바꿀 수 없다.

2) 자격증 취득

목표가 정해졌다면 선택과 집중이 필요하다. 많은 시간을 들여 노력했는데 쓸모없는 자격증만 있는 경우가 의외로 많다. 무조건 자격증을 많이 가지고 있는 것보다 자신의 직무와 관련된 자격증을 취득하는 것이 중요하다. 자격증 수를 늘리기 위해 자신의 직무와 무관한 것을 취득할 필요는 없다. 게다가 서류심사 담당자들은 쉽게 얻을 수 있는 자격증에 대해 이미 잘 알고 있다.

3) 다양한 경험

아르바이트나 인턴, 동아리 활동이나 봉사활동, 외국어, 컴퓨터 능력 등 자신에게 필요한 경력을 준비하여 다른 사람들과 차별화된 나만의 경력을 쌓는다.

4) 해외 경험

글로벌 인재를 요구하는 기업이 많아졌다. 해외에서 공부하거나 일할 수 있는 기회는 많지만, 나의 관심 분야나 전공에 완벽하게 맞는 기회는 찾기가 어렵다. 봉사활동이나 구호운동 또는 학업이나 문화체험 등의 해외 활동이 중요한 이유는 모두가 하니까 나도 해야 한다는 뜻이 아니다. 경험과 기회의 질, 그 비용과 시기 그리고 장소성이라는 여건을 모두 따져보아야 한다. 청년들을 대상으로 하는 해외 체험 프로그램이 있으니 정보를 꼼꼼하게 수집하여 도전해도 좋다. 찾아보면 무료나 저렴한 비용으로 참여할 수 있는 활동도 많다.

5) 채용 박람회 및 설명회 참여

채용 박람회는 한 장소에서 여러 기업이 부스를 설치하여 채용과 관련한 정보를 제공하고 간접 면접을 진행하여 인재를 선별하는 기업의 구인 활동이다. '우수 중소기업 채용 박람회'처럼 기업이 구직자를 만나 회사나 직무에 필요한 능력을 갖추고 있는지 판단하는 동시에, 구직자가 궁금해하는 사항에 대해 답해주는 방식이다. 이런 행사를 통해 자신이 지원하는 회사에 대한 정보와 더불어 앞으로 준비해야 할 것들에 대한 팁도 얻을 수 있다.

공모전 등 유익한 정보 사이트

	사이트 이름	구분	정보 및 특징
1	올콘	공모전, 대외활동	한국경제신문에서 직접 운영하는 공모전 대외활동 전문 사이트로, 다양한 정보가 신속하게 올라온다. 청소년과 일반인으로 구분되어 있다. 공모 분야와 응모 대상이 구분되어 있어 찾기가 쉽다.
2	엽서시 문학공모	공모전	문학과 관련된 공모 정보를 알 수 있는 사이트이다. 문학 공모전 마감달력에는 다양한 문학 공모전 정보가 정리되어 있으며, 주요 공모전 연간 일정도 확인할 수 있다. 결과 발표와 지난 수상작도 찾아볼 수 있도록 정리가 되어 있다.

3	여성가족부 청소년 국제 교류	해외교류, 해외봉사	여성가족부는 청소년들의 글로벌 리더십과 국제시민의식을 함양하고 국가 간 우호 증진 및 협력 기반을 조성하기 위해 다양한 국가 간의 청소년 교류 사업을 실시하고 있다. ① 국가 간 청소년 교류 ② '꿈과 사람 속으로' 청소년 해외 자원봉사단 운영 ③ '청소년을 세계의 주역으로' 국제회의 행사 참가단 모집 운영. ④ 홈페이지에 모집 요강이 올라오며, 서류와 면접을 통하여 선발한다.
4	솔모네집	봉사활동, 대외활동, 공모 정보	개인이 운영하고 있는 블로그이다. 청심중·고를 거쳐서 예일대학에 입학한 운영자가 자신의 진학 과정과 봉사, 행사, 캠프 정보와 인증시험, 공모전 대회 정보 등을 올린다. 무료이거나 저렴한 비용으로 얻을 수 있는 정보가 많다.

이력서 미리 써보기

SWOT 분석으로 내가 잘하는 것과 부족한 점을 알았을 것이다. 그것을 바탕으로 꼭 해야 할 일에 대해 기록을 했다면 내가 기획한 것을 모두 이루었다고 가정하여 가상 이력서를 작성해보자.

이력서는 경력 중심으로 작성한다. 자신의 능력과 기술

을 판단할 기준을 제시하는 것이라 생각하면 된다. 예를 들어, 입사에 필요한 프로젝트나 자격증, 경력사항, 수상 실적 등의 실적을 기록한다.

만약 신입사원이라면 경력이 없거나 적으므로 아르바이트나 인턴 활동을 적는다. 단, 실제로 사회생활을 하며 경력이 쌓이면 아르바이트와 인턴 활동은 이력서 경력란에 적지 않는 것이 좋다. 만약 이제 막 대학을 입학했다면 대학 4년을 어떻게 보낼 것인지를 기획하는 기획서라고 생각하면서 가상 이력서를 적어보자.

자신이 입사하고 싶은 기업의 이력서 양식을 받아서 이상적인 이력서를 작성해보자. 가상 이력서는 목표를 이루기 위한 지침서가 될 수 있다.

다음은 크리스 가드너가 쓴 가상 이력서이다. 함께 살펴보자.

● 크리스 가드너의 가상 이력서

성 명	크리스 가드너	연락처	010 - 0000 - 0000
생년월일	1954.2.9	이메일	Gardner@gmail.com
주소	위스콘신주 밀워키		

학력사항	샌프란시스코 주립대 경영학과 졸업 샌프란시스코 주립대 금융전문대학원 졸업 1974년 해군 퇴역 00고등학교 졸업
경력사항	· 샌프란시스코 대학 의료 센터와 재향 군인 관리 병원에서 혁신적인 임상 연구 참여 · Ellis 박사와 함께 쓴 공동 저술을 '의학 저널'에 게재 · 샌프란시스코 종합병원 의료기 판매 · '딘 위터 레이놀즈(Dean Witter Reynolds)'의 인턴십 프로그램에서 60:1의 경쟁을 뚫고 최종 정직원으로 선발됨 · 베어스턴스 경력사원으로 입사 · 가드너 리치 앤 컴퍼니 설립 · 가드너 자선단체와 국립 교육재단 설립
보유 자격증	주식중개인 자격증 주식 파생상품 운영 자격증 Series 7 Exam 통과 수료증

위 내용이 사실임을 서약합니다.

· · ·

지원자: 크리스 가드너   (인)

※ 현재 나의 경력은 검은색으로, 앞으로 만들 경력이나 자격증은 빨간색으로 써서 가장 잘 보이는 곳에 붙여 놓는다. 그리고 미래 경력이 만들어질 때마다 체크하고 점검한다.

03

자기소개서 재료 모으기

과거의 '나' 모으기

'인생 그래프 그리기'는 자기탐색 프로그램 등에서 자주 사용되기 때문에 이미 경험해본 사람이 많을 것이다. 하지만 '미래를 그리는 인생 그래프'는 분명 다르다. 자신을 가장 잘 아는 사람은 누구보다 '본인'이라고 생각하겠지만, 인생 그래프를 그려 보면 '과거의 나'가 현재로 확장되면서 전혀 다른 '나'를 새로 만나게 된다. 인생 그래프의 선상에 있는 모든 순간들은 하나도 헛된 것이 없다. 내가 했던 모든 것은 실패든 성공이든 나를 만들어 준 초석이다.

자, 우선 1년 단위로 슬프거나 즐거웠던 일을 기록하고 −10점부터 10점까지 점수를 정해본다. 이를 표로 작성한 다음, 인생 그래프를 그린다. 과거의 나를 1년 단위로 표현하다 보면 잊고 있던 자신의 이야기가 생각날 것이다. 이 때 칭찬받은 경험이나 실패를 성공으로 이끌었던 경험 등 나를 가장 잘 표현해주는 장점과 관련된 스토리를 정리한다. 그중 가장 행복했던 순간이나 칭찬받았던 일은 따로 기록한다. 내가 발휘했던 능력도 기록한다. 칭찬받은 경험이나 성공 경험에서 발휘되었던 능력을 정리하다 보면 겹치는 부분이 많이 있을 것이다. 그 중복되는 것들이 바로 나의 능력이다.

● 김시원(가명)의 과거의 나 모으기

나이	슬프거나 즐거웠던 일	점수	나이	슬프거나 즐거웠던 일	점수
1세	첫째로 태어나 모든 가족의 축복	10	17세	원하는 고등학교 입학	9
4세	어린 나이에 한글을 깨쳐 신동이라 칭찬받음	10	18세	선생님들께 칭찬을 받으며, 능력을 인정받음	10
5세	유치원 입학, 분리 불안	−5	19세	진로에 대한 고민	5
7세	웅변대회 수상과 자신감	10	20세	원하는 대학에 입학함	10
9세	담임선생님이 느리다는 이유로 벌을 세움	−7	21세	해외여행 다님	10

10세	글쓰기 대회에서 수상함	10	22세	미국으로 어학연수	10
11세	수학경시대회에서 입상, 우주소년단 합격	10	23세	중국으로 어학연수	10
12세	발레를 배우며 발레 공연	8	24세	대학 졸업 후 진로에 대한 고민	5
13세	사춘기로 반항의 시기	−5	25세	대학원 입학	8
14세	성적이 좋지 않아 우울	−8	26세	논문이 좋은 평가 받음	10
15세	친구와의 다툼으로 불행	−8	27세	배낭여행 (미국, 중국, 인도)	10
16세	친구들과 함께 방황	−9	28세	학회지에 논문을 발표해 좋은 평가 받음	10

● 김시원(가명)의 인생 그래프

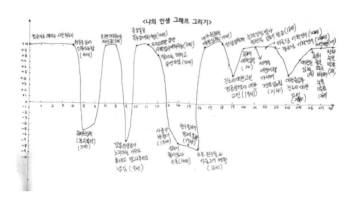

● 크리스 가드너의 과거의 나 모으기

나이	슬프거나 즐거웠던 일	점수	나이	슬프거나 즐거웠던 일	점수
0세	가난한 집안에서 태어남	0	26세	의사 꿈 포기	0
4세	아버지의 학대를 받음	-7	27세	마약에 빠짐	-9
5세	아버지의 학대에 못 이겨 집에 불을 지름	-10	28세	아들 탄생	4
8세	삼촌의 보살핌으로 좋은 영향을 받음	8	29세	UCSF퇴역군인 병원 연구실 조교	7
9세	삼촌이 미시시피강 에서 익사함	-9	31세	의료기 판매 시작 (월급의 2배 이상 매출 달성)	10
10세	중등학교 입학	0	32세	의료기 판매 저조	-8
15세	삼촌의 영향을 받아 해군 입대	7	33세	페라리를 타는 주식 중개인을 만나 주식 중개인이 되기로 결심	0
20세	샌프란시스코 실험실 관리인으로 취직	8	33세	주식 중개 교육 프로그램에 합격	6
21세	샌프란시스코 병원 에서 엘리스 박사 와 연구 (의사를 꿈 꿈)	9	34세	베어스턴스 컴퍼니에 채용됨	7
24세	수학전문가 셰리 다이슨과 결혼	10	35세	가드너 리치 앤 컴퍼니 회사 설립	10

● 크리스 가드너의 인생 그래프

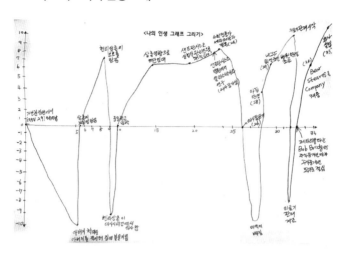

● 크리스 가드너의 경험에 쓰인 능력

	성취한 일	성취 경험 때 필요했던 기술, 지식, 능력 등
1	한 대를 팔면 한 달 생활비가 마련되는 의료기를 한 달에 열 대를 팔았다.	커뮤니케이션 능력, 설득력, 도전정신
2	유치장에서 나와 페인트 묻은 옷을 입고 면접 장소에 갔다.	도전정신, 위기관리 능력
3	고등학교 졸업이지만 면접을 통과하여 주식중개인 인턴으로 합격했다.	솔직함, 열정, 설득력, 자신감, 유머감각
4	아들을 데리고 고객들을 만남. 거물 고객을 확보했다.	도전정신, 설득력, 커뮤니케이션 능력

크리스 가드너가 성취한 경험의 기반에는 그의 커뮤니케
이션 능력과 설득력, 도전정신 등이 있었다. 이와 같이 과
거 그래프에 있는 나의 성취 기록을 보고 그 일에 어떤 능
력이 쓰였는지 정리하다 보면, 내가 잘하는 일이 무엇인지
알 수 있다.

미래의 '나' 모으기

이제 내가 해야 할 일을 토대로 부족한 부분과 보완 가
능한 점을 파악하여 목록을 작성해본다. 그리고 정리한 내
용을 미래 인생 그래프로 만들면 한눈에 볼 수 있다. 이때
과거의 나를 정리하고 모으는 과정에서 내가 특별히 잘하
는 능력을 파악할 수 있을 것이다. 기획했던 내용을 그래프
로 정리한 뒤에 내가 가진 능력을 어떻게 활용할 것인지 전
략을 세워 그것도 함께 기록한다. 이렇게 정리한 것을 보면
앞에서 기획한 내용이 더 구체적으로 그려질 것이다.

예를 들어, 크리스 가드너는 최고의 주식중개인이 되는
것이 꿈이다. 그는 1명만 뽑는 정규직 인턴십에 지원하려
고 한다. 현 시점에서 미래 그래프를 그린다면 '고객 100명
을 확보한다.' 또는 '60대 1의 경쟁을 뚫고 정규직이 된다.'
등의 내용을 쓸 것이다. 미래 그래프는 단순히 무엇을 하겠
다는 결심이 아니다. 과거의 그래프에서 나온 장점(커뮤니케

이션 능력과 설득력, 자신감, 도전 정신 등)들을 활용하여 구체적으로 정리해보는 것이다.

자신의 장점을 이해하고 정리하면 자신의 목표를 실천하기 위한 전략들을 더 잘 세울 수 있다. 이렇게 정리하다 보면 내가 하려는 일에 소모되는 에너지도 줄어들 것이다. 특히 계획을 세울 때에는 나이는 1년 단위로 정리하고, 1년을 세부적으로 다시 나누어 정리하는 것이 좋다.

● 미래의 '나' 모으기

나이	도전과 성공	점수

나의 경험을 키워드로 정리하기

나를 표현하는 키워드를 노트에 작성한다. 양(quantity) 속에 질(quality)이 있듯이 많이 모을수록 좋은 소재를 발견하기가 쉽다. 나를 보여줄 수 있는 키워드를 뽑은 뒤에 키워드에 맞는 에피소드를 정리해보는 것이다.

예를 들어 나를 나타내는 키워드가 '열정'이라고 해보자. '열정'이라는 단어를 쓰고 이것을 보여줄 수 있는 사례를 그때그때 기록하는 것이다. 이때 장면이 영상처럼 떠오를 수 있도록 자세히 기록해야 한다. 자, 다음 내용은 어떤 키워드에 해당될까?

> 학교에서 꼭 듣고 싶은 수업이 있었는데 수강생이 모집되지 않았다. 그래서 폐강이 되기 직전 친구들에게 1:1로 전화를 걸어 홍보를 했고, 결국 그 수업이 열리게 되었다.

이 이야기의 키워드는 '열정'일 수도 있고 '설득'도 가능하다. 적절한 키워드를 골라 경험이나 에피소드를 구체적으로 정리해보자. 이렇게 하다 보면 자기소개서를 쓸 때 사례를 선택해서 활용할 수 있다. 회사가 리더십보다는 팔로워십을 요구하는 곳이라면, '배려', '인내' 등의 사례를 자기소개서에 쓰면 된다. 각 키워드에 맞는 경험을 정리하다 보면 키워드를 중심으로 글을 쓰는 연습도 할 수 있다. 주제를 놓치지 않고 글을 쓸 수 있으며, 의식적으로 주제를 생각하기 때문에 논점에 어긋나지 않을 수 있다. 키워드 노트를 만들어 놓으면 주제별로 분류한 키워드 맵이 만들어지는 것이다.

이렇게 에피소드가 많아진다는 것은 차별화된 자기소개서를 쓸 수 있는 자산이 늘어난다는 뜻이다. 키워드 노트를 정리할 때는 정리한 것을 지인이나 주변 사람들에게 이야기하여 객관적인 시선을 확보해두는 것이 좋다. 키워드 노트를 활용해 회사나 학교에서 원하는 대로 재구성만 하면 되니 자기소개서를 쉽게 쓸 수 있고, 자기 경쟁력도 높일 수 있다.

● 자기소개서 키워드 예시

키워드	내용
지적 갈망	무엇이든 배우려는 열망이 높고, 궁금증이 생기면 바로 해결해야 직성이 풀리는 성격이다.
배려 (겸손함)	가식적인 행동이 아닌 마음으로부터 우러나와 베푸는 마음이다.
커뮤니케이션 (친화력, 공감력)	다른 사람에 대한 이해도가 높으며 합리적인 생각으로 반응한다. 더불어 사는 것을 축복이라 생각하며 함께 어울리는 것을 즐긴다.
용기 (명확한 표현, 정직)	다른 사람이 모두 'NO'라고 말해도 생각만 확실하다면 'YES'라고 말할 수 있다.

포용력	기꺼이 받아들이는 힘, 모든 것을 잘 받아들이므로 새로운 것에 대한 관심과 호기심이 많다.
감사	자신에게 일어나는 일을 모두 당연하게 생각하지 않고, 주변 사람들 덕분에 좋은 방향으로 나아가고 있다고 생각한다.
친절 (공손함)	사람을 대하는 태도가 겸손하며 공손하다. 세상을 따뜻하게 만드는 힘을 가지고 있다.
소속감 (팀플레이형)	소속감은 태어나면서 주어지는 것이 아니라 스스로 얻는 것이다. 인간관계에 있어 적극적으로 다가가야 얻을 수 있다.
친화력 (사교성)	친화력도 상대적인 것이라 금방 친하게 된다는 것은 빠른 시간에 상대방을 파악하고 다가간다는 뜻이다.
창의성 (호기심, 상상력)	새롭고 유용한 것을 만들어내는 능력이다. 창의성은 문제를 그대로 넘기지 않고 해결하려는 노력에서 시작된다고 할 수 있다.
인내	성공한 사람들에게는 인내와 지구력이 있다. 집중력과 끈기는 새로운 것을 만들어내고 어려움을 헤쳐 나갈 수 있는 원동력이다.
미래 지향적 (혁신적)	가까운 곳이 아닌 먼 곳을 내다보며 큰 그림을 그릴 수 있는 능력이다. 빠르게 변화되는 요즘 세상에 유용한 덕목이다.
리더십 (카리스마)	공동의 성과를 이끌어내기 위해 팀원들의 능력을 배로 끌어올릴 수 있는 역할을 말한다.
통제력 (차분함)	우리 안에는 현재의 쾌락을 추구하는 자아와 장기적인 이익을 위해 충동을 통제하는 자아가 함께 있다. 자기 통제력은 이것들을 통제하면서 스스로 목표를 세우고 공부하게 만든다.

융통성 (문제해결력, 적응력)	순발력 있게 판단하면서 그때그때 일을 막힘없이 잘 처리한다. 피해를 주지 않는 선에서 원칙을 살짝 벗어나기도 한다.
책임감 있는 (철저함, 신중함)	모든 결과가 좋은 수는 없다. 결과에 대한 책임을 지기 위해서 철저하고 신중해야 한다.
예술성	예술적 감각과 문화에 대한 관심이 높다.

04

나의 스펙 펼쳐보기

선택과 집중하기

학교나 기업은 왜 자기소개서를 받을까? 공신된 스펙을 나열한 이력서와 개인의 경험과 인성을 확인할 수 있는 면접으로는 부족하기 때문이다. 자기소개서를 통해 글쓰기 능력이나 구성 능력을 보려는 것일까? 자기소개서는 이력서와 면접만으로는 판단할 수 없는 지원자의 경험, 글로 소통하는 능력, 사고의 폭을 보려는 목적도 있다.

자기소개서에 작성할 내용은 생각보다 복잡하지 않다. 가장 기억에 남는 경험, 스스로가 중요하게 생각하는 가치, 지원 동기 등이 대표적이다. 제한된 글자 수로 자신을 전략적으로 설명할 수 있는 능력은 자기소개서 작성에서 중요한 요소이다. 예를 들어 기업은 자신을 설명하는 지원자의 이야기를 듣고 오랫동안 함께할 수 있는 사람인지, 맡길 업무에 능력이 있는지 등을 보게 된다. 그렇기 때문에 내가 가지고 있는 경험 중에서 회사에 어필할 수 있는 이야기를 선택하여 전략적으로 배치해야 한다.

우선 경험을 통해 얻은 느낌과 변화를 자신이 지원하는 회사가 원하는 인재상에 맞게 구성해야 한다. 기업이 원하는 인재상과 자신의 경험을 교차하면서 이야기를 구성하기 위해서는 기업 분석도 선행되어야 한다. 그런 다음 기업이 원하는 인재상에 알맞은 자신의 경험을 중요도에 따라 정한다. 순위를 결정할 때는 기업이 원하는 인재상도 중요하지만, 뻔한 이야기를 하는 것은 글자 수만 차지할 뿐 도움이 되지 않으므로 다른 사람과 차별화할 수 있는 이야기를 선택하여 전략적으로 구성해야 한다.

예를 들어 2000년대 초반에만 해도 외국에 유학을 다녀왔거나 외국어에 능숙하다는 것만으로도 차별화 요소가 되었다. 교환학생의 경험만으로도 학업 능력을 보여줄 수 있었다. 하지만 2000년대 중후반부터 한국의 초중고 조기유학생 수는 점점 증가하다가, 2006년에 약 3만 명으로 정점을 찍었다. 약 10년간 20만 명의 학생들이 유학을 갔지만 이후 거품이 빠지기 시작했으며, 이는 조기유학이나 교환학생의 프리미엄이 사라졌다는 뜻으로 해석할 수 있다. 지금은 더더욱 외국 유학이나 교환학생의 기회가 넓어지면서 그것 자체만으로 차별화된 스펙이 되지 못한다.

하지만 똑같은 교환학생이나 유학 경험 등 모두 다 하는 보편적이고 일반적인 활동을 경험했다고 하더라도 차별화된 이야기를 끌어낼 수 있다. 또한 교환학생이나 유학 생활을 경험하지 못했어도 긍정적인 방식으로 자신을 충분히 어필할 수 있다.

출판사 입사를 원하는 한 지원자는 교환학생 시절에 경험한 '유치원생에게 책 읽어주기' 봉사활동을 자기소개서에 작성하였다. 친구를 따라 시작했는데, 봉사활동 중 좋은 그림책을 많이 읽게 되었고 그중 마음에 드는 그림책을 구입해서 번역을 연습해보기도 했다. 어떤 책은 우리나라에 아직 번역되지 않은 것을 확인한 후 출판사에 판권을 문의하여 한국 번역 출간을 시도했다고 한다.

물론 이 경험들은 전체 유학생활에서 겪은 아주 작은 부분이었다. 더 대단하고 긍정적인 영향을 준 사건들이 많았음에도 불구하고 출판사 입사를 목적으로 했기 때문에 '유치원생에게 책 읽어주기' 봉사 경험을 자기소개서에서 중요하게 다루었다.

입사를 코앞에 둔 지원자가 아니라 시간적 여유가 있는 지원자라면 가상 자기소개서를 기획해서 미리 써보자. 우선 입사하고 싶은 기업의 직무를 분석해보면 그곳에서 필요로 하는 역량을 기르는 활동에 집중할 수 있다.

실패한 경험과 힘든 과정도 하나의 좋은 에피소드가 될 수 있다. 갈등하고 실패한 경험이 있어야 극복 스토리가 나올 수 있듯이, 실패 경험은 성공 스토리의 큰 자산이 된다. 힘든 사건과 어려운 갈등이 등장하지 않는 소설이 재미있을까? 재미있는 이야기에는 반드시 갈등과 그 갈등을 해결하는 특수하고 기발한 극복 스토리가 있어야 한다. 이것은 자기소개서에 드러나는 자신의 스토리에도 분명히 적용된다. 그러므로 소스를 고르고 선별할 때는 성공 스토리뿐만 아니라, 실패 스토리에도 집중해야 한다.

기업 분석과 직무 분석

취업포털 인크루트가 구직자 623명을 대상으로 '2019 뜨는 스펙, 지는 스펙'에 대해 설문 조사한 결과 29%의 구직자들이 뜨고 있는 스펙으로 '직무 관련 경험'을 꼽았다. 2018년에는 구직자가 가장 중요하게 생각하는 스펙으로 자격증이 1위를 차지했다면, 2019년에는 인턴십 등 직무 관련 경험이 1위를 차지했다. 2위는 직무 전공 자격증이었다.

1, 2위 모두 업무 역량으로, 이것이 최근 채용 시장에서 중요한 키워드라는 점을 시사하고 있다. 그러므로 기업이 요구하는 추세의 변화에 따라 실무 활용 가능성이 높은 항목을 위주로 선택하고 집중을 해야 한다. 그런 의미에서 기업 분석과 직무 분석은 자기소개서를 쓰기 위한 가장 중요한 요소이다.

1) 기업 분석

기업들은 지원자들의 역량과 더불어 자사에 대해 얼마나 알고 있는지를 중요한 평가 요소로 본다. 내가 지원하는 곳이 어떤 곳인지 모르고 취업을 준비하는 것은 적이 누군지도 모르고 전쟁터에 나가는 것과 같다. 기업 홈페이지뿐만 아니라 해당 기업과 관련된 기사도 1년치 정도는 찾아서 분석해야 한다.

① 사람인(https://www.saramin.co.kr)

대학생이 많이 활용하는 취업 포털 사이트이다. 채용 일정이 채용 달력으로 되어 있어 유용하게 활용할 수 있다. 공채 메뉴에는 기업 분석 자료집 등 다양한 정보가 있다. 이를 통해 기업 분석의 핵심만 잘 정리하면 유용하게 활용할 수 있다. 특히 SWOT 분석 및 3C(고객, 자사, 경쟁사) 분석 등 기업에 대한 심층 정보가 보기 좋게 정리되어 있다.

② 금융감독원 전자공시 시스템DART(http://dart.fss.or.kr)

기업이 금융감독위원회 등 관계기관에 제출하는 신고 또는 보고서의 내용을 제출 즉시 일반인에게 공시함으로써, 기업 경영의 투명성을 제고하기 위해 만든 종합적인 공시 시스템이다. 회사명을 쓰고 기간을 검색하면 최근 보고서가 상위에 뜬다. 사업보고서, 분기보고서 및 반기보고서 중 가장 최근 것부터 확인하면서 해당 기업을 분석할 수 있다.

③ 잡코리아(https://www.jobkorea.co.kr)

취업 사이트 중 가장 인기 있는 곳이다. 상단 메뉴 중 신입 공채라는 항목에 들어가면 기업 분석과 직무 분석을 볼 수 있다. 원하는 기업을 검색해서 기업 정보를 확인할 수 있다. 합격자 스펙 분석도 볼 수 있지만 여러 직무 합격자의 스펙이 섞여 있어서, 모든 직무에 일괄적으로 적용하기는 어렵다.

그 외에는 기업 홈페이지에서 제공하는 자료를 통해 기업 분석을 할 수 있다. 기업 홈페이지에서 얻을 수 없는 정보는 언론 자료를 통해 얻을 수 있다. 관심 있는 기업의 뉴스를 찾아서 읽어보고 중요한 부분은 기록으로 남긴다. 기업 분석으로 기업의 장단점을 알면 내가 가진 능력으로 단점을 극복할 수 있는 방법을 제안할 수 있다. 그리고 회사에 대한 정보뿐만 아니라 대표의 인터뷰 기사 등으로 창업주와 현재 대표의 특징도 확인할 수 있다.

2) 직무 분석

과거에는 성실, 근면, 충성심을 바탕으로 한 충신 고용과 인사 관리가 효과적이었지만, 정보화 사회에서는 도전, 창의, 문제해결 등의 새로운 인재상이 요구되고 있다. 따라서 회사를 위해 열심히 일하는 개성 없는 사원보다 '9 to 6'라는 근무 시간 안에 효율적으로 업무를 처리하고 창의적인 방식으로 자신의 존재감을 발산하는 역할이 더욱 강조되고 있다. 직무의 성격과 방향이 다양화되고, 그에 따라 요구되는 개인의 능력도 이전과 다른 방식으로 작동하는 것이다. 직무란 일 또는 업무를 분류하는 하나의 단위로, 조직 내에서 유사한 역할과 책임을 지닌 책무, 과업, 요소 등으로 구성되어 있다. 능력과 적성에 맞게 배치하여 업무를 수행하도록 해서 해당 조직의 목표를 달성한다.

취업 사이트인 잡코리아가 기업의 인사 담당자 480명을 대상으로 '직원 채용시 평가요인'에 대해 설문조사를 진행한 결과 2명 중 1명에 달하는 52.3%가 '전공 전문지식'을 꼽았다. 뒤이어 전공분야 자격증, 전공분야 인턴십 경험이 중요하다고 답한 인사 담당자가 많았다.

어떤 지원자가 더 유능해 보이는지에 대한 질문에는 '채용하는 직무와 연관된 경험과 스펙을 쓴 지원자'가 유능해 보인다는 인사 담당자가 66%였다. 이처럼 회사는 자기 회사를 위해 쓴 자기소개서를 원한다. 회사 이름만 바꾸면 어디든지 낼 수 있는 자기소개서는 좋은 평가를 받을 수 없다.

인사 담당자들은 학벌보다는 직무 전문성을 중요시한다. 물론 대한민국 사회에서 학벌이 중요하지 않다는 말은 아니지만, 학벌이 모든 것을 증명해주지는 않는다는 뜻이다. 더불어 과거의 기업 문화가 같은 학교, 지역, 혈연관계로 이루는 공동체에 집착했다면, 이제는 카르텔을 이루는 문화를 낡고 촌스러운 유물로 여기면서 이를 점점 멀리하는 추세이다.

즉 직무와 관련된 경험과 사례를 자기소개서에 쓰면서 기업이 요구하고 있는 인재상인 창의, 도전, 글로벌 역량, 협력, 책임감 등을 보여주는 것이 더 중요하다. 기업이 원하는 인재상을 이해하고 파악하기 위해서는 기업과 직무를 분석한 후 내가 쌓아야 할 역량에 대해 정리해야 한다. 여기서 중요한 것은 자신이 가지고 있는 스펙을 최대한 많이 나열하는 것이 아니라, 기업의 성격과 맞는 나의 역량을 강조하는 방식으로 적절히 배치하는 능력이다. 그러므로 미리 자신의 진로를 선택하고 취업 분야를 결정한 사람이라면 수강 과목과 대학 활동도 직무와 관련해서 준비해보자. 직장인도 마찬가지다. 직장 내에서 프로젝트를 시행하거나 업무를 할 때 일관성 있게 직무 관련 업무를 찾아서 하는 것이 좋다.

자신의 장점에 맞는 직무를 수행하게 된다면 오랫동안 자신의 능력을 발휘하며 직장생활을 할 수 있다. 잡이룸(http://www.joberum.com)으로 들어가면 홈 화면 하단에 '직무 사전'이라는 표시가 있는데, 여기에서 다양한 직무를 한눈에 볼 수 있다. 관심이 가는 직무는 '지원하기'를 클릭해서 확인할 수 있다. 예를 들어, 해외영업에 관심이 있다면 해외영업 파트에 들어가 직무 내역, 필요 역량, 직무 비전을 확인하면 유용한 정보를 얻을 수 있다.

직무 분석은 기업 채용 사이트에서도 가능하다. 채용 사이트에 있는 계열사 리스트에서 관심 있는 항목에 들어가 보면 직무 소개가 자세히 나와 있다. 직무 소개에 뻔한 내용만 적혀 있을 것이라는 생각에 이를 꼼꼼히 읽지 않는 사람들이 있다. 하지만 아무리 뻔한 내용이라도 회사에서 공식적으로 소개한 직무 내용이니, 어느 정도 직무 방향을 잡을 수 있는 힌트가 들어 있음을 잊지 말자.

방향을 잡는 것은 무척 중요하다. 다른 사람과 차별성을 두는 것에만 집중하다 보면 자신이 지원하는 직무의 방향에서 빗나갈 수 있다. 올바른 길잡이가 될 만한 정보는 사실 가까운 곳에 있다. 공식 홈페이지에서 제공하는 자료를 통해 기업 분석과 직무 분석만 잘해도 에너지와 시간을 많이 절약할 수 있다.

자기소개서는 직무에 맞는 자신의 역량을 잘 드러내야 한다. 내가 가야 할 목표가 정해져 있지 않다면 이곳저곳 헤매겠지만, 목표가 있고 그곳에 대한 분석이 잘 되어 있다면 지름길로 갈 수 있는 지도까지 얻는 셈이다.

타인의 눈으로 객관성 확보하기

자신의 입장에서 보여주고 싶은 것을 선택하다 보면 객관성을 놓치기가 쉽다. 이때는 직무에 적합한 자신의 이야기를 키워드 맵에서 찾아서 그것을 다른 사람에게 말해 보자. 그리고 어떤 이야기가 더 좋은 글감이 될 수 있는지 물어보는 것이다. 자기소개서는 자신이 보기 위한 것이 아니라 타인에게 보여주는 글이다. 주변 사람들에게 이야기를 하다 보면, 자신의 소재 중 어떠한 것이 직무에 알맞은 것인지 알게 되어 객관성을 확보할 수 있다. 여기서는 타인의 시점으로 에피소드를 선택하는 방법에 대해 알아보자.

1) 키워드에 스토리 입히기

'액션 아이디어'라는 게임이 있다. 영화를 만드는 사람들이 쓰는 용어인데, 말 그대로 생각을 행동으로 나타내는 것을 뜻한다. 영화처럼 영상이 떠오를 수 있도록 이야기로 표현하는 것이다.

예를 들어, 내가 보여주고 싶은 나의 장점 키워드가 '창의력'이라고 해보자. '창의력'을 보여줄 수 있는 에피소드를 주변 사람들에게 들려주고 떠오르는 키워드를 물어보는 것이 '액션 아이디어 게임'이다. 나는 '창의력'과 관련 있다고 생각한 에피소드인데, 사람들이 전혀 다른 키워드를 말한다면 내 에피소드를 수정해야 한다. 다음 예를 읽어 보자.

예) 저는 매주 일요일 아침 6시부터 조기 축구에 참여하고 있습니다. 이 조기 축구회는 20대부터 60대까지 다양한 멤

버로 구성되어 있습니다. 축구가 끝나면 함께 식사를 하거나 목욕탕을 가며 어울리기도 합니다. 경우에 따라서는 40대 이상의 장년부와 60대 이상의 노장부로 경기를 따로 하는 경우도 있는데, 저는 모두 참여하여 응원을 하고 행사 진행을 돕기도 합니다. 그래서 조기 축구회의 '박 반장'이라는 별명을 얻기도 했습니다.

자, 위 이야기를 보면서 떠오르는 단어는 무엇인가? 글을 쓴 사람은 판매직에 지원하면서 연령이나 계층에 상관없이 '소통'할 수 있다는 장점을 보여주기 위해 위의 사례를 이야기했다. 이 사례를 들은 다른 사람들도 소통이나 경청 등의 단어를 떠올리면 좋은 사례라고 할 수 있다. 이처럼 내가 표현하고 싶은 키워드에 맞는 이야기를 주변 사람들에게 들려주어 그들의 생각을 들어보면 큰 도움이 된다.

2) 최고의 에피소드 고르기

키워드에 맞는 에피소드가 하나만 있는 것은 아니다. 그러므로 여러 가지 이야기를 가족이나 친구에게 들려준다. 이야기를 하다 보면 더 좋은 이야기를 찾을 수도 있고, 다양한 이야기 중에서 제대로 된 선택을 할 수 있다.

경험은 있는 그대로 존재하는 것이 아니라 어떠한 상황에 놓여 있는지에 따라 재구성된다. 오히려 경험 당시에 인식하지 못했던 상황이 더욱 올바르게 또는 보편적인 틀 안에서 재인식될 수 있다. 그러므로 주변에 있는 많은 사람들에게 자신의 이야기를 들려주는 것은 다른 사람의 피드백을 얻을 수 있는 좋은 기회이자, 자신의 경험을 재정리하고 객관성을 확보하는 기회가 된다.

● 에피소드로 액션 아이디어 게임하는 방법

① 직무와 적합한 키워드를 뽑는다.

② 키워드에 맞는 에피소드를 작성한다.

③ 작성된 이야기를 다른 사람에게 들려준다.

④ 이야기를 듣고 떠오르는 키워드를 적게 한다.

⑤ 내가 생각한 키워드와 다른 사람이 생각한 키워드가 비슷하다면, 좋은 에피소드라고 할 수 있다.

05
'나' 연결고리 만들기

세계 금융계의 거장 러셀에게 물었다.

"배경도 경력도 없는 사람이 성공하려면 어떻게 해야 합니까?

러셀은 이렇게 대답했다고 한다.

"먼저 직장을 얻어라. 그리고 직장을 소중하게 생각하라. 그런 다음 근면하고 성실하게 최선을 다하는 업무 태도를 길러라. 학습하고 관찰하여 자신이 하는 일의 중요성을 파악하라. 그 후 직장에서 꼭 필요한 존재가 되라. 그리고 인격을 갖춘 겸손한 인간이 돼라."

러셀의 대답 속에 기업이 원하는 인재상이 무엇인지, 그리고 기업의 인재상이 되기 위한 기본적 역량이 무엇인지 잘 드러나 있다. 아무리 좋은 스펙을 가지고 있을지라도 기업이 원하는 인재상과 다르다면 좋은 평가를 받을 수 없다.

백전백승을 위해서는 타인을 잘 알아야 하듯, 취업을 위해서는 내가 지원하는 곳에 대한 분석이 필수이다. 그다음은 이 분석을 기반으로 회사가 원하는 것과 내가 가지고 있는 장점을 연결해야 한다. 내가 가지고 있는 경험과 스펙을 어떠한 순서로 연결하고, 어떠한 방식으로 배치하는지에 따라 경험과 스펙이 더욱 빛을 발휘할 수 있다.

나의 경험과 스펙이 내가 가진 원재료라면, 그것을 어떻게 가공하는지에 따라 다른 결과물을 얻을 수 있다. 좋은 가공과 결과물을 위한 전략을 세우기 위해 먼저 기업의 니즈를 꼼꼼하게 분석해야 한다. 내가 가진 가치가 아무리 훌륭해도 기업이 원하는 인재상과 맞지 않으면 원하는 목표를 이루기 어렵다. 그러므로 내가 가진 경험과 스펙을 더욱 가치 있게 만들기 위해서는 나의 원재료들이 가진 잠재적 능력을 긍정적으로 발산할 수 있는 연결과 부딪침을 만들어내야 한다.

기업이 원하는 인재상 키워드 7가지

빌 게이츠는 "마이크로소프트는 우수 인력 20명만 빠져나가도 순식간에 영세 기업으로 전락할 것이다."라고 말했다. 그만큼 회사를 위해 충실하게 일할 수 있는 인재가 중요하다는 뜻이다. 인재는 회사의 귀중한 자산이다. 인재의 지식이나 능력, 기술은 수면 위에 떠 있는 빙산의 일부분으로, 수치로 평가가 가능하다. 하지만 정직, 성실, 열정, 프로정신, 인성 등은 수면 아래 숨어 있는 빙산의 몸체와 같아 수치로 드러나는 것이 아니다. 수면 위에 떠 있는 지식이나 능력, 기술은 회사에 입사하여 훈련을 통하여 습득할 수 있지만, 수면 아래 있는 기본 소양은 훈련으로 가꿀 수 없다. 장기간에 걸쳐 뿌리처럼 깊게 형성되었기에 바꾸기 어려운 부분이다.

위에서 말한 원재료들은 이러한 몸체와 같은 것이다. 자신에게 내재화된 능력과 감각은 그 자체로 잠재적인 가능성을 품고 있다. 이 잠재태는 실제로 일어난 일이 아니기 때문에 가상의 것으로 여겨졌지만, 어떻게 사용하고 어떤 상황과 만나 발현되는가, 어떠한 위치에서 호명되는가에 따라 그 자체로 실재성을 띤다. 그래서 기업은 수면 아래에 있는 소양을 평가하기 위해 다양한 방법을 연구하고 있다.

여기에서는 세계 500대 기업에서 원하는 7가지 인재상 키워드에 대해 살펴보고자 한다. '성실', '신용', '근면', '책임', '열정', '프로정신', '절약'이라는 7개의 키워드는 기업에서 원하는 인재가 갖춰야 할 덕목이다. 우리는 이것들을 분석하고 이해하는 과정을 통해 수면 아래 숨어 있는 빙산의 몸체를 보여줄 수 있는 역량을 발견할 수 있을 것이다.

1) 성실(충실)

성실이란 부지런하고 힘써 일하며 최선을 다하는 것을 말한다. "춘추시대 진나라 목공은 자신의 재주와 능력을 믿는 인재보다는 재주와 능력은 떨어지더라도 남의 재주와 능력을 질투하거나 시기하지 않고 도리어 자신의 것인 양 기뻐하는 인물이야말로 국가를 위해 진실로 필요하다고 보았다. 자신의 재주와 능력만을 믿는 인물은 자신만을 위해 일을 교묘하게 꾸미지만, 남의 재주와 능력을 자신의 것인 양 기뻐하는 인물은 국가와 백성을 위해 그 재주와 능력을 사용하려고 할 것이기 때문이라고 했다."[*]

기업은 능력과 성실을 모두 갖춘 인재를 원하겠지만 두 가지 중 하나를 선택하라라면 '성실'을 선택할 것이다. 기술은 차차 배울 수 있지만, 성실은 배우거나 습득하는 것이 어렵기 때문이다.

첫 번째 키워드인 성실이라는 덕목에 연결될 수 있는 자신의 역량을 노트에 나열해보고, 그것들을 적절하게 배치하여 내가 성실한 인재임을 보여주는 것이 중요하다.

예) 화장품 방문 판매왕인 빌 포터는 선천적 뇌성마비로 중증장애인이다. 수개월간 그의 실적은 0달러였다. 그는 눈이

---

[*] 고전연구회, 『2천 년을 살아남은 명문』, 포럼, 2006년

오고 폭우가 내려도 매일같이 자신이 맡은 지역을 돌며 자신의 역할을 묵묵히 해냈고, 엄청난 판매고를 기록한 판매왕이 되었다.

2) 신용(정직)

정직이란 마음에 거짓이나 꾸밈없이 바르고 곧음을 말한다. 정직한 사람은 자신이 과거에 한 거짓말들이 현재나 미래에 들통날 수 있다는 불안을 가질 필요가 없다. 그래서 자신이 예전에 어떤 거짓을 말했는지 고민할 필요가 없고, 그 거짓이 밝혀질 것이 두려워 거짓말을 거짓말로 덮다가 자신이 파놓은 늪에 빠지는 경우도 없다. 그렇기 때문에 어떠한 일에 서슴없이 행동할 수 있으며, 사소한 행동에서도 효율성을 보인다.

솔직함에는 용기가 필요하다. 타인에게 호감을 얻기 위해 계속 말을 꾸며내야 한다면 그 관계는 지속되기 어려울 것이다. 스스로도 상대방에게 솔직하지 못했다는 생각에 상대방이 적극적인 태도로 관계를 이끌어 가려고 해도 거기에 호응하지 못한다. 신용을 쌓기는 힘들지만 무너지는 것은 한순간이다. 신용은 관계의 목표가 될 수는 없기 때문에 사람과 사람 관계를 어떻게 대하는가 하는 태도에서 결정된다.

정직에는 용기와 자신감이 필요하다. 내가 모르는 것을 모른다고 인정할 수 있는 '용기'와 자신의 부족한 점을 보완

할 수 있다는 '자신감'이 있다면 거짓말을 할 필요가 없다. 정직이라는 덕목에는 많은 것이 내포되어 있다. 직원이 정 직하지 못하다는 것은 기업도 정직하지 못할 확률이 크다. 기업에게 신용은 목숨과도 같이 지켜야 할 덕목이다. 정직 하지 못한 직원은 회사에 치명적인 손해를 끼칠 수 있기에 모든 기업에서 정직을 최고의 가치로 뽑는 것이다.

그렇다면 거짓말을 하지 않는 용기와 자신감만 있다면 신 용을 얻을 수 있을까? 단순히 거짓말을 하지 않는 것으로만 신용을 말할 수 없다. 한 개인이 모든 순간에 같은 모습으로 다른 사람을 대할 것이라고 생각하지만 그것은 큰 착각이 다. 한 사람의 태도는 관계 맺는 사람에 따라 달라질 수 있 다. 따라서 거짓말을 하지 않는 것, 관계에 진솔하고 진정성 있게 임하는 것 외에도 자신이 만나는 공동체 사람들에게 일관성 있는 태도를 보이는 것이 중요하다.

만약 회사에서 사람들을 위치나 힘에 따라 다르게 대하 면 어떨까. 정직하기 때문에 신뢰를 할 수 있을까? 이렇게 행동한다면 신용을 쌓거나 유지하기가 어렵다. 물론 한 개 인이 연속성을 가지는 것은 부단한 노력이 필요한 일이기 때문에 평소 자신을 관리해야 한다.

예) 크리스 가드너는 면접에서 모르는 것은 모른다고 말하 며, 모르는 것을 알기 위해서 열심히 노력할 것이고 꼭 그 해 답을 찾겠다고 말했다.

3) 근면

근면은 부지런히 일하며 힘쓰는 것을 말한다. 근면한 사람은 현재 능력이 약간 부족하더라도 언젠가는 남들보다 앞설 수 있는 가능성을 가지고 있다. 큰 업적을 이룬 사람들에게는 뛰어난 능력보다는 부단한 노력과 부지런함이 먼저 뒷받침되기 때문이다.

성공한 사람들을 보면 근면하지 않은 사람이 드물다. 물론 근면을 성공의 키워드로 말하는 것이 고리타분해 보일 수도 있다. 하지만 어떠한 일에 과도하게 집중하느라 자신을 번아웃 상태로 끌고 가지 않을 지혜로움만 있다면 어떤 일을 하더라도 꼭 필요한 자질이다. 우리 사회가 개근을 더 높이 평가하며, 출석률의 성실함을 평가의 중요한 요소로 삼는 것은 근면함을 중요시하는 사회문화적 시선이 존재하기 때문이다. 하지만 근면은 언제나 결과가 좋을 때 더 긍정적으로 평가된다. 그러므로 자신의 근면함을 발휘할 부분을 선택하고 집중하는 것이 중요하다.

예) 빌 게이츠의 하루 일과는 아침에 일어나면 출근하여 일을 하고 배가 고파지면 점심을 먹고 다시 일을 한다. 그리고 배가 고파지면 저녁을 먹고 또 일을 한다. 자정에 가까운 시간, 피곤해서 더 이상 참을 수 없을 때 퇴근한다고 한다. 특별해 보이지 않지만, 그의 하루 일과는 근면함의 전형이다.

4) 책임

책임감은 맡아서 해야 할 임무나 의무를 중히 여기는 마음을 말한다. 회사에서는 각자 맡은 일이 있다. 각자 맡은 일을 충실히 해야만 회사가 잘 돌아갈 수 있다. 책임감 있는 사람은 인정을 받아 더 많은 기회를 얻을 수 있다. 그러므로 책임감은 회사나 직원을 모두 성장시킬 수 있는 최고의 전략이다. 기업은 경제라는 큰 바다 위에 떠 있는 배라고 할 수 있다. 그러므로 예측 불가능한 경제의 물결 속에서 자신의 위치를 지키는 방법은 임무에 대해 책임지는 것이다.

책임이라는 것은 공동체 안에서도 각 개인에게 돌아간다. 사회문화의 맥락에서 또는 경제적 상황에서 어떠한 사건이 일어나면 그것은 개인의 실수나 역량 부족으로 일어날 확률이 낮다. 그럼에도 불구하고 일어난 사건이나 상황에 대해 책임을 물을 때, 그 화살은 보통 개인을 향한다. 어떤 사건이 일어났을 때, 그 사건의 책임을 물을 수 있는 자에게 사퇴를 요구하는 것 또한 책임이 공동의 개인에게 주어지는 일반적인 이유이다.

그러나 책임은 어떤 사건을 해결하는 능력보다 '태도'에 가깝다. 어떠한 일에 책임감을 느끼는 것은 해결 의지가 있는가에 따라 달라진다. 또 책임은 개인에게 묻지만 책임감은 공동의 몫이다. 기업이라는 배를 이끄는 선장뿐만 아니라 배의 모든 구성원인 선원들 모두 맡은 일에 책임을 다해야 배가 침몰하지 않고 높은 풍랑과 파도를 이겨나갈 수 있다.

예) 걸그룹 평균 수명이 1년 이하라고 하는데, 수년 이상 인기를 유지하는 A걸그룹의 비결은 멤버들의 책임감 덕분이다. 이 그룹의 멤버인 ○○○은 예능 프로그램에서 힘든 미션을 해내면 팀의 뮤직비디오를 틀어준다는 말에, 어려운 일도 마다하지 않았다.

5) 열정

어떤 일에 열렬한 애정을 가지고 열중하는 마음을 뜻한다. 아무리 수준 높은 지식과 기술을 가지고 있다고 해도 열정이 없다면 그것은 무용지물이다. 자신이 하고 싶은 일에는 열정을 가지기 쉽지만, 그렇지 않은 일에는 쉽지 않다. 그러나 살아가면서, 특히 회사에서 프로젝트를 수행하면서 자신이 하고 싶은 일이나 흥미를 갖는 일만 맡을 수는 없다.

하지만 열정은 자신이 하고 싶은 일에서만 발현되는 것이 아니다. 지시받은 일이라도 그 일에서 주체성을 찾을 수 있다면 그 순간 열정을 가질 수 있다. 열정은 에너지이다. 특별한 일이나 자신이 오랫동안 꿈꿔온 일로만 발현되는 것이 아니다.

에너지는 일을 통해 얻을 수 있는 것일까? 사람들은 보통 '일'을 하면 에너지를 소모한다고 생각한다. 그렇다면 일이라는 행위는 언제나 부정으로 귀결되는 것일까? 재미없는 것? 또는 돈을 벌기 위해 어쩔 수 없이 하는 것? 물론 모두 맞는 말이다. 그러나 돈 버는 일을 단순히 수동적인 행위로 간주한다면, 그것은 모든 권력을 억압으로 인지하는 근대적인 사고에서 벗어나지 못했다는 것을 의미한다.

자본주의 시대에 돈을 번다는 것은 생산을 의미한다. 생산은 그 자체로 삶의 에너지가 된다. 일(또는 스스로 돈을 버는 것처럼)처럼 내가 살아 있는 이유를 증명해주는 것이 있을까? 나의 능력과 가치를 세상에 알리고 인정받을 수 있는 것이 바로 일이며, 그것의 대가로 돈이 주어지는 것이다. 열정이 있으면 무엇인가 성취하겠다는 의지가 생기며 몰입도 할 수 있다. 그러므로 열정은 삶의 활력을 불어 넣을 수 있는 가치이자, 삶을 이끌어가는 긍정적인 생산 그 자체이다.

예) 사진작가 조선희는 사진작가로 일을 시작했을 때 유명인을 따라다니며 촬영을 했다. 약속 없이 찾아가 쫓겨나기도 하고 욕을 듣기도 했다. 그는 우연한 기회에 영화배우 ○○○이 아프리카에 간다는 말을 듣고, 무작정 그곳으로 향했다. 운 좋게 아프리카에서 그 배우의 사진을 찍게 되었고, 그후 몸값이 10배 이상 뛰었다.

6) 프로정신

프로정신은 어떤 일을 전문적으로 하는 사람으로서 가지는 마음가짐이나 태도를 말한다. 프로는 아마추어의 반대말로 사용되지만, 완전히 아마추어의 반대항에 놓이는 것은 아니다. 둘의 의미는 때때로 교차되기도 하고, 아예 다른 개념을 가리키기도 한다. 프로정신을 가진 아마추어라는 말도 종종 사용된다. 프로정신은 프로가 되기 위한 목적을 가진 사람의 마음가짐이라기보다 자신의 직업에 진지한 마음으로 접근하는 일종의 자세이자 태도이다.

『세상에서 가장 행복한 청소부』에서 주인공 니이츠 하루코는 "남들에게 높이 평가받고자 하는 것이 아니에요. 저는 스스로를 청소의 장인이라 생각하거든요. 처음부터 남들에게 칭찬받기 위해 일하진 않아요. 목표를 갖고 매일 노력하며, 어떤 일을 하든 진심을 담을 수 있는 사람이 프로페셔널한 사람이라고 생각합니다."라고 했다. 프로정신은 자신이 하고 싶은 일을 찾아 목표를 가지고 정진하는 힘이라고 할 수 있다.

예) 맥도날드 최고경영자였던 찰리 벨은 열다섯에 호주의 한 맥도날드 점포에서 아르바이트를 시작했다. 그는 화장실 청소부터 짐 부리기, 고기 굽기까지 온갖 잡일을 도맡아 했다. 그 모든 일을 남의 일이라 생각하지 않고 맥도날드의 CEO 마인드로 일을 했다고 한다.

7) 절약

절약 정신은 시간이나 돈을 함부로 쓰지 않고 꼭 필요한 데에만 써서 아끼는 자세나 태도를 말한다. 처칠은 "갖고 싶은 것은 사지 마라. 꼭 필요한 것만 사라. 작은 지출을 삼가라. 작은 구멍이 거대한 배를 침몰시킨다."라고 말했다.

기업의 궁극적인 목표는 높은 이윤이다. 기업이 공익을 위한 사업을 벌인다고 하더라도 그것은 모두 이윤과 관련되어 있을 때 가능하다. 수익성은 기업의 순기능이기도 하지만 동시에 자본주의 사회에서 기업이 가지고 있는 본질적인 요소이기도 하다.

그렇기 때문에 기업의 행위는 언제나 이윤에 관계되어 있고, 그것은 기업에 속해 있는 개인인 직원에게도 적용된다. 아무리 기업의 매출이 많더라도 직원들이 절약정신이 없다면 기업의 이윤은 감소될 수밖에 없다. 절약은 오직 오너의 몫이며, 내가 조금 아낀다고 크게 달라질 것 없다고 생각하는 것은 금물이다. 작은 구멍은 '나 하나쯤'이라는 생각에서 시작되고, 그것이 더 커지는 것은 시간문제이다.

예) 워런 버핏은 늘 맥도날드에서 아침을 먹는다. 전날 증권 시장에서 수익을 좋았으면 가장 비싼 3.17달러(약 3,500원)짜리 세트를, 돈을 잃었다면 가장 저렴한 2.61달러(약 2,900원)짜리를 먹는다. 또한 항상 잔돈 1센트까지 정확하게 계산해 직접 아침 값을 지불한다.

지원하는 곳이 원하는 나 선별하기

10곳에 지원하든 100곳에 지원하든 모두 똑같은 자기소개서를 보내는 사람들이 있다. 입사 담당자들은 자기소개서를 읽어 보면 우리 회사를 위한 자기소개서인지 다른 곳과 똑같이 쓴 자기소개서인지 바로 알아볼 수 있다고 한다. 만약 여러분이 입사 담당자라면 우리 기업만을 위한 자기소개서를 쓴 사람을 선택할 것인가, 아니면 비슷비슷한 자기소개서를 쓴 사람을 선택할 것인가? 답은 정해져 있다.

그러니 자기소개서를 쓰기 전에 기업을 분석해야 한다. 10군데에 지원하려면 각기 다른 10개의 자기소개서를 써야 한다. 예를 들어, 영업 파트에 필요한 역량과 재무 파트에 필요한 역량은 다르다. 재무 파트에 지원하면서 적극성과 활동성, 영업 마인드 같은 역량을 강조한다면 좋은 평가를 받을 수 없다. 또한 자기가 가장 보여주고 싶은 점만 강조하다 보면 지원하는 곳의 직무와 전혀 다른 내용의 자기소개서를 쓰게 된다. 스스로를 판단하였을 때 자신의 장점이 설득력 있는 말하기를 통한 소통과 공감인데, 지원 분야가 연구직이라면 소통보다 자료 분석 역량을 강조해야 한다. 말도 안 되는 실수 같지만 누구나 흔히 범하는 오류 중에 하나이다.

기업들이 원하는 기본적인 인재상은 시대에 따라 변화

한다. 과거에는 무조건 열심히 자신의 직무에 임하고 기업에 충성하는 인재를 원했다. 같은 조직이나 공동체성을 강요하며, 질서에 균열을 내지 않고 적응하는 사람들을 원했다.

그러나 지금은 공동체 문화가 가진 부정적 면모들, 예컨대 정형화된 사회 규범이 오히려 업무 효율을 떨어뜨린다는 점, 또한 지나친 참견과 강요로 개인의 라이프 스타일을 존중하지 않을 때 갈등이 발생된다는 점을 문제시하고 있다. 따라서 자기 스타일과 동시대적 감각으로 일을 더 효율적으로 해결하는 것을 선호한다. 오래된 문화와 전통을 지속하는 것은 업무의 효율을 낮추고 결국 기업의 성과에 부정적인 결과를 가지고 오기 때문이다. 개인이 보수적인 형태의 인재상을 추구하는 것, 즉 지나치게 정상 규범을 따르는 이미지를 추구하는 것은 시대착오적이라는 점에서 부정적인 인식을 줄 수 있다.

단, 이러한 흐름에도 불구하고 기업의 성격에 따라 과거의 전통적인 공동체 방식을 추구하는 곳도 있기 때문에 지속 가능한 업무를 위해 자신에게 맞는 곳인지 파악한 후에 지원하는 것이 좋다. 또한 변화를 추구하는 기업이라고 해도 그 방향이 같은 것은 아니다. 즉 진보적인 성격이 모두 같은 방향의 변화 속에 있지 않다는 것이다. 변화 속에서도 어떤 덕목을 더 우선시하는지 차이가 있으니, 그러한 디테일과 결을 파악하는 것이 중요하다.

예를 들어, 광고 회사는 진보적이고 창의적인 성격을 가진 인재를 요구하는 전형이다. 그러나 광고 회사가 어떠한 성격의 광고를 만드는지에 따라 변화의 방향과 결이 달라질 것이다. 예컨대 맥주 광고와 금연 광고를 비교해보자. 맥주 광고는 젊은이들을 대상으로 하는 경우가 많기 때문에 시대적 맥락을 읽는 것이 가장 중요하지만, 금연 광고는 공익적인 측면이 강조되기 때문에 사회 규범에 따른 도덕관을 강조해야 할 것이다. 물론 시대에 따라 변화되는 사회 규범을 파악하고 분석하지 않으면 공익적 효과를 낼 수 없다는 점에서 변화를 따라가는 것이 중요하다. 그러므로 기업의 성격에 따라 변화의 노선과 추구하는 가치를 파악하고, 무엇을 우선순위로 두는지를 분석해야 한다.

내가 지원할 기업을 분석해야 기업이 원하는 인재상을 정확히 알 수 있다. 이제 키워드 노트에서 인재상에게 맞는 스토리를 선별해보자.

지원하는 곳에 맞는 나의 스토리

다음 해외 영업부를 지원하는 K씨의 스토리를 읽어보자.

①

까다로운 과제를 내기로 유명한 교수님의 강의를 듣게 되었는데 매번 자료도 많이 찾아야 하고, 100페이지 넘는 리포트를 작성해서 내야 했다. 리포트가 써지지 않는 날도 있었지만 하루에 목표량을 정해서 꾸준히 썼고, 완성도 높은 리포트를 완성할 수 있었다. 좋은 평가를 받았던 리포트를 학기 말에 발표했으면 좋겠다는 교수님의 말씀에 PPT를 만들어 프레젠테이션을 했고, 잘 진행하여 또 다시 칭찬을 받게 되었다.

②

대학에 다니는 4년 동안 한국에 오는 외국인들을 대상으로 가이드를 했다. 한국을 방문하는 외국인들에게 메일로 하고 싶은 일을 미리 물어보았고, 그들이 원하는 대로 여행 계획안을 만들어 가이드했다. 한 번은 사우디아라비아에서 온 한 여행객을 가이드했다. 그 사람의 계획대로 가이드를 진행했는데, 여행을 다 마칠 무렵 갑자기 한강 유람선을 타고 싶다고 했다. 유람선 티켓을 알아보니 온라인에서는 모두 매진이 된 상태였다. 유람선 선착장에 가서 티켓을 사기에는 시간이 촉박해 배를 놓칠 것 같았다. 하지만 언제 또

방문할지 모르는 외국인에게 최대한 우리나라를 경험하도록 도와주고 싶었다. 결국 유람선 관계자에게 사정 이야기를 하여 티켓을 구했고, 야간 유람선을 탈 수 있었다.

두 가지 모두 자신이 맡은 일을 끝까지 완수하는 책임감을 잘 보여줄 수 있는 사례이다. 지원하는 곳이 외국인들과의 커뮤니케이션이나 여행과 관련된 기업인 경우에는 두 번째 스토리가 더 낫고, 자료를 모아 정리하고 프레젠테이션 능력을 요구하는 회사라면 첫 번째 스토리를 쓰는 것이 좋다. 이때 본인이 특정 이야기에 더 애정이 있거나 스스로 더 가치 있는 경험이라고 생각해도, 기업의 성격과 니즈를 더 중심에 두고 자기소개서를 작성해야 한다.

사례2
'커뮤니케이션 능력'을 보여주는 스토리

유년 시절부터 가족과 함께 배낭여행을 자주 다녔다. 각자 맡은 일을 하나씩 정해서 여행 계획을 세웠는데, 나는 언어 담당이라 현지에서 소통을 담당했다. 영어로 소통되는 나라가 있는가 하면, 유럽 같은 경우는 영어로 소통이 되지 않는 나라도 많았다. 그래서 여행하는 데 불편함이 없도록 하기 위해 각국의 여러 언어를 습득하려고 노력하였다.

유년 시절에는 가족과 함께 배낭여행을 다니다가, 대학 때부터는 방학 때 배낭을 메고 혼자 여러 나라를 여행했다. 세계 각국을 여행하다 보니 그 나라의 문화를 알아야 더 깊은 소통이 가능하다는 것을 알게 되었고, 차차 짧게 대화를 나누어도 오래 만난 사람처럼 소통하는 능력을 갖게 되었다. 또한 프랑스 교환학생 때 쌓은 경험도 커뮤니케이션 능력 향상에 큰 도움이 되었다.

사례3
'추진력'을 보여주는 스토리

고등학교 때 수업 시간에 조는 친구들을 보며 졸음을 쫓을 수 있는 방법을 생각해보았다. 졸릴 때는 앉아 있는 것보다 서서 공부하는 것이 낫다는 생각에 목공소에서 나무를 구해 입식 책상을 만들어 교실에 두었다. 그 책상 덕분에 수업 집중도가 높아지는 것을 보고 교장선생님께 반마다 입식 책상을 하나씩 배치해 달라는 제안서를 썼다. 교장선생님께서 제안서를 보시고 각반에 입식 책상을 하나씩 배치해주셨다.

나는 문제가 있으면 문제를 해결할 방법을 연구하여 직접 실행에 옮긴다. 나아가 실행에 옮기는 것에서 끝나지 않고, 더 좋은 결과를 낼 수 있도록 한 걸음 더 나아가 본다.

기업이 원하는 스토리로 구성하기

숭실대 경영학과 김근배 교수는 『끌리는 컨셉의 법칙』에서 콘셉트는 '하나로 붙잡다'라는 뜻으로 'con+cept'로 이뤄진 말이며, 이를 '논어'의 '일이관지(一以貫之)'로 설명했다. 일이관지란 '하나로 꿰뚫다.'라는 뜻이다.

선별된 스토리는 여러 개로 흩어져 있다. 그 흩어진 스토리들을 연결하여 라인을 만들어야 한다. 날것 그대로의 이야기를 주제에 맞게, 또 전달력을 갖추어 편집하는 것이다. 핵심은 앞에서 언급한 것처럼 '그들이 원하는 인재상'이다.

자기소개서 쓰기의 스토리 라인을 잡을 때는 핵심 역량과 에피소드, 나를 뽑아야 하는 이유를 중심으로 구성해야 한다.

예를 들어, 앞에서 말한 K씨가 지원하는 해외 영업부에서 원하는 핵심역량은 무엇일까? 외국어 능력, 외국인과 함께 활동했던 경험, 커뮤니케이션 능력 등일 것이다. 그렇다면 이 핵심역량에 해당되는 자신의 경험과 경력에 대한 이야기를 선별해야 한다. 어떤 능력을 강조할 것인지 선별했다면, 선별한 이야기를 단순하게 나열식으로 보여주면 안 된다. 선별한 경험 또는 경력을 기업이 요구하는 핵심역량에 최대한 맞추어 다듬어야 한다. 그러므로 프랑스 교환학생 경험을 해외 영업부에서 요구하는 핵심역량에 맞추려면, 교환학생 시절에 자신의 외국어 능력과 원활한 소통 능력으로 해결된 사건이나 경험을 이야기하는 것이 좋다.

● 해외 영업부에 맞는 스펙 연결하기

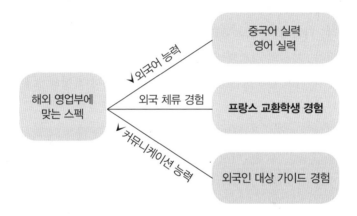

외국인을 대상으로 가이드를 했던 경험은 스토리의 양이 보장되니 에피소드를 유형별로 나누어 키워드 노트에 정리할 수 있다. 그중에서 커뮤니케이션 능력을 보여줄 수 있는 에피소드를 골라서 자기소개서에 쓰면 된다.

프랑스 교환학생 경험에서는 커뮤니케이션 능력도 좋지

만 문화를 받아들이는 유연성과 관련된 에피소드를 쓰는 것도 좋다. 외국어 실력을 수치로 나타내기보다는 실력이 뛰어나다는 것을 입증할 수 있는 에피소드를 골라서 써야 한다. 핵심역량에 맞는 에피소드로 라인을 구성하였다면 자기 역량의 최대치를 보여주지 못했을 가능성이 크다. 그럴 경우 실력이 더 뛰어난 지원자들도 많은데 굳이 나를 뽑아야 하는 이유가 없는 셈이다. 따라서 에피소드를 쓴 다음에는 나를 뽑아야 하는 이유로 마무리하는 것이 좋다.

단, 나를 뽑아야 하는 이유를 쓸 때 주의해야 할 점이 있다. 기업이 공식적으로 적어놓은 인재상을 그대로 쓰면 안 된다. 자신의 장점과 경험을 기업이 원하는 인재상에 견주어 기업이 추구하는 단어를 적절하게 섞어서 작성해 보는 것이다.

자기소개서에 '나를 뽑아야 하는 이유'를 쓸 때는 이 회사가 훌륭하고 멋있어서 지원했다는 식의 대답은 좋지 않다. 우선 지원자가 회사를 칭찬하는 것은 큰 의미가 없다. 그러니 스스로가 기업의 미래 계획에 맞는 인재라는 점을 부각시키고, 자신과 같은 인재를 놓치면 안 되는 이유를 기업의 장점과 함께 배치하여 쓰는 것이 좋다.

또한 기획이나 인사팀에 지원하는 것이라면 기업의 장점을 나열하는 것보다 오히려 해당 기업의 부족한 부분을 날카롭게 분석하고 자신의 영역에서 할 수 있는 것을 말하는 것이 좋다.

예를 들어, "최근 중국과 일본에서 회사 매출이 증가하고 있으며 이것을 바탕으로 미국 시장으로 영역을 넓혀갈 예정이라는 것을 알고 있습니다. 저는 미국 뉴욕주립대에서 1년간 교환학생으로 있으면서 패션 관련 제품을 파는 마트에서 아르바이트를 했습니다. 아르바이트를 하며 뉴요커들이 좋아하는 아이템이나 액세서리 등을 꼼꼼하게 기록하고 연구했습니다. 이렇게 영어 실력과 커뮤니케이션 능력으로 귀사가 목표로 하고 있는 미국 시장 개척에 크게 기여할 수 있는 영업의 귀재가 될 것입니다."라고 말하면 자신이 얼마나 회사 사정에 관심이 있는지 보여줄 수 있고, 설사 그 전략이 터무니없어 보여도 그러한 맥락 안에서 기업이 요구하는 핵심역량과 에피소드, 나를 뽑아야 하는 이유를 중심으로 쓰는 것이 중요하다.

● 기업이 원하는 역량에 맞게 라인 잡기

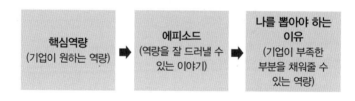

81

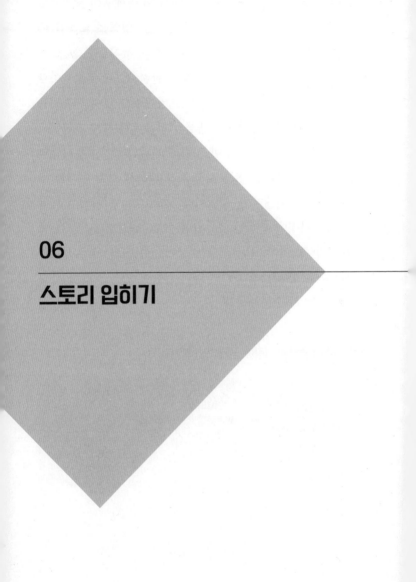

06

스토리 입히기

취업을 목적으로 자기소개서를 쓸 때 가장 어려운 점은 무엇일까? 한 설문조사에 따르면 대학생들의 경우 "나에 대해서 무엇을 써야 할지 잘 모르겠다."라고 답변했다고 한다. 이는 대학생에게만 국한되는 고민은 아닐 것이다.

　이번 장에서는 NCS(국가직무능력표준)를 기반으로 한 항목 분석을 통해 기업에서 보편적으로 요구하는 직무 능력을 분석해본다. 여기에 맞게 자신의 이야기를 풀어낸다면 기업이 요구하는 역량에 충분히 부합될 것이다. 기업에서 원하는 능력을 파악한 후, 그에 해당하는 자신의 경험과 스펙에 스토리를 입혀보는 훈련이다.

NCS 기반 자기소개서 항목 분석하기

NCS(National Competency Standard)란 산업현장에서 직무를 수행하기 위하여 요구되는 지식, 기술, 소양 등의 내용을 국가가 산업부문별, 수준별로 체계화한 분류표(한국산업인력공단, 2017)이다. 분류표를 참고하여 자신이 지원할 기업의 채용 방식과 채용 과정의 항목과 목적을 이해하고 분석해보자.

직무 표준화 분류표

	기존 채용 방식	NCS 기반 능력 중심 채용
채용 공고	행정직 0명, 기술직 0명 등의 단순 정보 제공	- 채용 분야별 필요한 직무능력 사전 공개 - 모집 직무별 '직무 사용 설명 자료'를 첨부
서류 전형	가족 사항, 학력, 학벌, 지역 등 직무와 무관한 항목	- 직무와 무관한 기재사항은 최소화 - 직무 관련 항목 요구(직무 수행에 필요한 자격, 경험, 경력, 자기소개서) - 직업 기초능력과 직무 수행능력 측정
필기시험	인성, 적성 평가 등 지식 중심 전공 필기시험	- 직무능력 중심의 필기 평가 - 구조화된 면접 - 직업 기초능력과 직무 수행능력 측정

면접 전형	비구조화 면접(취미, 성장배경 등 직무와 무관한 질문)	– 직무능력 평가 중심 – 구조화된 면접 – 직무 기초능력과 직무 수행능력 측정

1) 자기개발 능력

*최근 5년 동안에 귀하가 성취한 일 중에서 가장 자랑할 만한 것은 무엇입니까? 그것을 성취하기 위해 귀하는 어떤 일을 했습니까?

*현재 자신의 위치에 오기 위해 수행해온 노력과 지원한 직무 분야에서 성공을 위한 노력 및 계획을 기술해주십시오.

이 항목은 학점이나 외국어 점수, 등급 등 숫자화된 스펙을 보여주는 것이 아니라, 점수를 획득하기 위해 노력한 과정과 자격증을 준비하게 된 계기나 여러 활동과 경험을 기록하는 것이다. 자신의 학교생활 또는 취업 활동을 보여주며, 자신이 가진 잠재태와 우연한 효과나 계획된 결과를 드러내야 한다. 즉 나만의 특별한 능력과 경험, 지원하는 회사에서 원하는 인재상에 맞는 포인트를 잡아 적절한 스토리를 입혀야 한다.

좋은 예)

부모님께서 음식점을 운영하셨는데 초반에는 매출이 좋은 편이었다. 그런데 점점 매출이 떨어졌고 가게 문을 닫아야 할 위기에 처했다. 원인을 분석해보니, 부모님의 음식점은 친척의 도움으로 식자재를 저렴한 가격으로 공급받아 저렴한 가격으로 판매해 경쟁력을 갖췄는데, 이후 비슷하게 경영하는 가게들이 생기면서 차별성이 없어진 것이 문제였다.

메뉴 개선만으로는 한계가 있다고 판단해 우선 마케팅의 차별화를 위해 주변 상권을 분석했다. 분석 결과 손님의 60%는 젊은 층이었고, 그중 여성 손님은 대부분 식사 후 주변 카페로 이동하고, 남성 손님은 PC방이나 당구장으로 간다는 것을 알게 되었다. 그래서 주변의 카페, PC방, 당구장과 제휴해 손님들에게 할인권을 나누어주었다. 그 결과 매출이 150%까지 늘어났다. 만약 메뉴 개발에만 치중했다면 이런 성공을 거둘 수 없었을 것이다.

이런 경험과 능력을 바탕으로 회사가 원하는 창의적인 아이디어를 내는 관점 디자이너로 거듭날 수 있도록 노력하겠다.

● 피드백

창의적인 아이디어로 문제를 해결하는 인재는 모든 기업이 탐낼 만하다. 좋은 평가를 받을 수 있다. 부모님 가게의 운영 방식을 바꾸어 매출을 올린 이야기는 발상을 전환하여 창의적인 아이디어를 낼 수 있는 인재로 보일 수 있는 좋은 사례라고 할 수 있다.

나쁜 예)

대학 입학 후 나의 미래에 대해 고민하게 되었다. 세상에 이로운 일을 하고 싶다는 생각에 그 일을 찾기 위해 많은 고민을 했다. 다양한 책을 읽었으며 밤늦도록 친구들과 토론을 하기도 했다. 토론을 거듭하며 봉사하는 삶을 살고 싶다는 목표를 가지게 되었다. 그래서 봉사 동아리에 들어가 다양한 봉사를 했으며 뜻깊은 경험도 많이 쌓았다. 사람들을 도우면 남보다 내가 더 행복하다는 것도 알게 되었다.

● **피드백**

대학에 들어가 미래에 대해 고민하지 않는 사람은 없다. 책을 읽고 친구들과 이야기를 나누는 것도 모두 하는 일이다. 봉사를 했다고 했는데 봉사에 대한 에피소드는 없다. 구체적이지도 않다. 봉사를 했다면 가장 기억에 남는 봉사가 있을 것이다. 봉사를 하면서 어려운 점도 있었을 것이다. 어려운 점을 극복하고 성취한 일을 이야기로 만들어야 한다.

2) 문제해결 능력

> *예상치 못했던 문제로 인해 계획대로 일이 진행되지 않았을 때
> 책임감을 가지고 적극적으로 끝까지 업무를 수행해내어 성공적으
> 로 마무리했던 경험이 있으면 서술해주십시오.

이 항목은 순간 판단력과 창의적 문제해결력을 보여주어
야 한다. 이런 문제해결력은 하루아침에 만들어지는 것이
아니다. 그러므로 도입 부분에 성장 과정의 스토리를 녹여
자연스럽게 쓰는 것이 좋다.

좋은 예)

어려서부터 여행을 자주 다녔다. 부모님께서는 돈보
다 더 소중한 것은 경험이라고 말씀하셨다. 아버지
께서는 거실에 세계지도를 펴놓으시고 우리가 갈 곳
을 짚어주셨다. 그곳을 모두 갈 것이며 아빠와 함께
예행 연습을 하는 것이라 생각하라고 말씀하셨다.
유럽 배낭여행을 갈 때에는 중학생인 나와 초등학생
인 동생도 각자 할 일을 하나씩 맡았다. 동생은 심부
름을 하고, 나는 꼭 가야 할 여행지를 정하고 그곳에
가는 방법을 찾았다.
처음에는 한국에서 예약한 호텔을 찾아가는 것도 쉽
지 않았다. 지도에 표시되지 않은 곳도 있었다. 행

인들에게 물어보아도 모른다는 답을 들을 때가 많았다. 처음에는 당황했지만, 호텔의 이름 대신 지도를 보여주며 물으니 알려주는 사람이 많았다. 또한 관광지에 있는 안내 부스에 가서 자세히 물어보고 확인하는 과정을 거치니 목적지까지 가는 시간을 절약할 수 있었다.

여행을 다니는 동안에는 여러 문제에 부딪치기 마련인데, 부모님께서는 그때마다 해결 방법이나 도움을 바로 주지 않았다. 스스로 그 문제를 해결하도록 기다려주었다. 이런 경험 덕분에 문제가 생기면 해결 방법을 마인드맵으로 그려보는 습관이 생겼고, 어떻게든 문제를 해결해냈다. 친구들은 이런 나를 '해결사'라 부르기도 했다.

● 피드백

어려서부터 배낭여행을 다니며 문제를 해결해나갔던 경험을 이야기하며, 자연스럽게 자신을 '해결사'라고 소개했다. 어렸을 때부터 부모님이 스스로 문제를 해결하도록 가르쳤고, 그런 교육을 통해 어떤 어려움이 있어도 꼭 문제를 해결하려는 의지가 생겼음을 어필했다. 또한 문제가 생겼을 때 다양한 방법을 생각하여 해결하는 습관을 드러내 문제해결력이 높은 사람으로 소개하여 인상적이다.

나쁜 예)

중학교 1학년 때 반장을 했다. 선생님께서 위경련을 일으켜 병원에 가시고, 선생님 대신 아이들을 통솔한 적이 있다. 어떻게 하면 1시간 동안 조용히 자습을 시킬 수 있을지 고민하다가 교과 내용을 문제로 내 퀴즈 대회를 했고, 그 일로 선생님께 칭찬을 받았다.

● 피드백

문제를 해결해본 경험을 썼다. 그런데 중학교 때보다는 대학 전후의 경험을 쓰는 게 바람직하다. 중학교 때 사례를 쓰면 문제를 해결한 사례가 얼마나 없으면 십대 때 경험을 썼을까 생각할 수도 있다. 위 내용은 시기나 내용 모두 적절하지 않다.

3) 대인관계 능력

> *약속과 원칙을 지켜 신뢰를 형성하고 유지했던 경험에 대해 기술해주십시오.

약속과 원칙을 지키는 습관은 어려서부터 형성되므로 대부분 유년 시절의 성장 과정으로 시작하는 경우가 많다. 그러나 자신의 출생이나 어린 시절의 경험 등 단순한 인적 사항을 나열하기보다는 특정 사건을 이야기하듯 풀어내며 자신의 원만한 성격과 근면성을 보여주는 것이 좋다. 쉽게 읽히고 재미있는 방식으로 기업에서 원하는 적합한 인재상이 바로 자신이라는 것을 보여주는 것이다. 고등학교나 대학 시절 동아리 활동 등에서 발휘했던 에피소드를 개성 있게 써 보는 것도 좋은 방법이다.

좋은 예)

부모님께서 지역아동센터를 운영하면서 맞벌이 부모들의 고민을 해결하고 아이들에게 질 좋은 교육을 제공하기 위해 노력했다. 나는 중학교 때부터 그곳에서 일주일에 세 번 영어와 수학을 가르쳤고 동화책도 함께 읽었다. 처음에는 아이들이 말도 듣지 않고 서로 싸우거나 떠들어 통제하기가 힘들었다. 그래서 수업의 질을 높여 아이들의 자발적 참여를 이끌어 보았다. 우선 아이들과 함께 일주일에 한 번씩 서점에 가서 책을 골랐다. 수학 문제집과 영어 문제집도 각 수준에 맞게 골랐고, 하루 학습량을 정하고 계획을 세우는 것도 도와주었다. 그렇게 하니 일방적으로 가르칠 때보다 수업 태도가 좋아졌다.

나는 아이들을 제대로 가르쳐야 한다는 생각에 공부와 연구를 게을리하지 않았고, 중학교 때부터 대학 때까지 일주일에 세 번 아이들과 만났다. 시험 기간에는 내 공부하기에도 시간이 부족했지만, 약속을 지키기 위해 잠자는 시간을 줄이거나 쉬는 시간에 틈틈이 복습하는 습관을 들였다. 덕분에 성적도 상위권을 유지할 수 있었다.

● 피드백

초등학교 때부터 대학 때까지 일주일에 세 번씩 봉사를 실천한다는 것은 쉬운 일이 아니다. 그리고 그 약속을 지키기 위해 자신만의 원칙을 세워서 지켜나갔다. 지역아동센터 학생들과 신뢰를 쌓으며 함께 성장하는 모습으로 지원자의 성실성과 근면성, 원만한 성격과 대인관계 능력을 잘 보여주는 스토리이다.

나쁜 예)

나는 원만한 성격을 가지고 있다. 그리고 약속도 잘 지킨다. 친구들은 나를 '접착제'라고 부른다. 말다툼으로 관계가 서먹서먹한 친구들을 화해시키는 일을 잘하기 때문이다. 모나지 않은 성격으로 지금까지 친구들과 다툰 일이 한 번도 없을 정도다. 다툼이 생기면 일단 그 자리를 피한 뒤에 나중에 먼저 사과를 하는 편이다. 그래서 친구들에게 인기가 아주 많다.

● 피드백

갈등이 생겼을 때 '그 자리를 외면하고 나중에 사과하는 방식'을 택한다고 했는데, 이는 좋은 방법이 아니다. 문제를 해결하지 않고 그 순간만 모면하겠다는 태도로 보일 수 있다. 그렇게 해결하다 보면 특정 문제가 다시 수면으로 올라올 수 있다. 이는 인간관계에서 발생하는 문제를 해결할 수 있을지는 몰라도, 기업 내에서는 적절하지 않다. 스스로 보기에는 좋은 사례라 생각하고 썼겠지만, 사회생활이나 조직에서는 납득되지 않는 방법이다.

4) 조직이해 능력

> *우리 회사에 지원한 동기 및 입사 후 실천하고자 하는 목표를 다른 사람과 차별화된 본인의 역량과 결부시켜 작성해주십시오.
>
> *지금까지 학교생활 및 여러 회사에서 겪은 조직의 중요성 및 경험을 설명하여 주시고, 또한 우리 조직의 역할이 무엇인지 설명하십시오.

지원 동기에 대해 쓸 때는 자발적으로 선택하게 된 이유를 설득력 있게 써야 한다. 또는 조직 내에서 겪은 특정 사건이나 평소 존경하고 있는 사람에게 영향을 받았던 경험을 쓴다.

좋은 예)

○○광고 회사에서 인턴 활동을 한 후, 당시에 쓴 광고 기획서로 창의적이라는 평가를 받은 덕분에 정규직 채용을 제안받았다. 그런데 내가 창의적인 사고를 갖게 된 것은 영화와 책, 그리고 현대미술을 통해서였다. 예술은 작가가 가지고 있는 조건이나 시대에 따른 특정한 서사를 가지고 있다. 나는 그러한 다원적인 서사와 예술 세계에 대한 끊임없는 호기심과 열정을 펼치고 싶은 마음이 생겼다. 그래서 ○○영화사에서 영화와 음악 그리고 미술로 다져온 나의 예술적 감각을 창작의 영역으로 확장하고 펼치고 싶다. ○○영화사는 작품성을 인정받는 영화사이다. 나는 영화광으로 지금까지 3,000편의 영화를 보고 분석했다. 나는 열심히 배워 작품성과 대중성 두 마리 토끼를 모두 잡는 영화감독으로 성장하고 싶다.

● **피드백**

○○광고 회사는 많은 광고인들이 선호하는 회사이다. 그런 곳에서 인턴을 하고 정규직 제안까지 받았다면 실력을 인정받은 셈이다. 영화에 대한 열정과 자신감이 담겨 있는 자기소개서이다.

나쁜 예)

○○기업은 우리나라를 대표하는 기업으로 창의적이며 글로벌한 인재를 필요로 한다. 세계로 뻗어나가는 글로벌 기업으로 외국어 능력을 중요시한다. 긴 역사를 가지고 있는 ○○기업은 훌륭한 기업가 정신을 실천하며 사회에도 기여하고 있다.

나는 이런 훌륭한 기업의 일원으로 기업의 발전을 위해 노력하고 싶다. 더불어 세계로 뻗어가는 글로벌 경영에 도움이 되는 글로벌 인재로 성장할 수 있도록 외국어 공부도 열심히 할 것이다.

● **피드백**

이 글은 ○○에 다른 회사의 이름을 넣어도 무리가 없는 자기소개서이다. 어디에 제출해도 되는 자기소개서는 끝까지 읽히지 않는다. 자신을 글로벌 인재라고 말하고 있지만, 어디에도 글로벌 인재로 보이는 에피소드는 없다. 아무 근거도 없이 글로벌 인재라고 말한다면 그걸 누구 믿겠는가. 글로벌 인재이고 아니고는 입사 담당자가 지원자의 스토리를 읽고 판단해야 할 사항이다. 그러니 입사 담당자가 고개를 끄덕이며 공감할 수 있는 스토리로 자신이 글로벌 인재임을 증명해야 한다.

5) 의사소통 능력

> *본인의 의사와 정반대되는 주장을 하는 직장 상사 또는 동료를 어떻게 설득할 것인지 작성하여 주십시오.
>
> *다양한 입장을 가진 사람들의 의견을 조율하여 합의를 이끌어낸 경험을 서술해주십시오.
>
> *자신의 생각이나 의견을 상대방에게 성공적으로 설득했던 경험을 상황-행동-결과 중심으로 구체적으로 기술해주십시오.

이 항목은 사람들과 소통하면서 어떤 문제 상황을 현명하게 극복했던 사례를 묻고 있다. 이때 과거의 경험을 바탕으로 해결방법을 제시하는 것이 좋다. 의사소통 능력은 문서이해 능력, 문서작성 능력, 경청 능력, 의사표현 능력, 외국어 능력 등을 세부적으로 나누어 평가된다는 점을 알아야 한다.

좋은 예)

대학시절 방학 중에 콜센터에서 아르바이트를 하게 되었다. 불특정 다수에게 스마트폰 기기 변경을 제안하는 업무였다. 처음 업무를 시작했을 때는 회사에서 준 원고를 그대로 전달하기만 했다. 실적은커녕 사람들이 전화를 그냥 끊어버리거나 좋지 않은 소리를 했다. 일방적인 정보 전달은 듣는 사람에게 피로감만 줄 뿐이라는 생각에, 일단 고객이 관심을 보인다고 판단되면 그 사람의 말을 먼저 들어주었다. 그 사람의 말 속에 고객의 니즈와 불만이 들어 있었다. 그것을 기록했다가 그것에 맞게 상담을 진행하였다.

그 결과 하루에 평균 10대의 계약을 성사시켰다. 시급도 다른 사람의 2배를 받게 되었는데, 아르바이트생이 받은 최초의 성과급이었다고 한다. 커뮤니케이션 능력은 내가 원하는 것을 먼저 말하기보다 경청이 먼저라고 생각한다. 나는 ㅇㅇ기업에서 맡게 될 매장을 전국 1위로 만들 자신이 있다.

● 피드백

의사소통의 기본이 경청이라는 것은 다 알고 있는 사실이지만, 실제로 경청 능력이 뛰어난 사람은 그리 많지 않다. 전화 통화로 하루 평균 10대를 팔아 다른 사람보다 2배의 시급을 받았다는 것은 고객과의 의사소통 능력을 이미 인정받았다는 뜻이다. 내가 지원하는 곳에 직무 적합성을 잘 보여줄 수 있는 의사소통 사례를 선택해서 풀었다는 점에서 좋은 사례이다.

나쁜 예)

나는 외국에서 공부한 경험이 없다. 하지만 학원에 다니며 꾸준하게 영어를 공부했다. 지금 당장 외국인을 만나더라도 의사소통에 전혀 문제가 없을 정도로 회화 실력을 갖추고 있으며, 대학 시절에는 말하기 대회에서 상을 받기도 했다. 지금도 의사소통을 위하여 영어 공부를 열심히 하고 있다. 앞으로도 쉬지 않고 꾸준히 영어 공부를 해서 외국인과의 의사소통에 문제가 없도록 노력할 것이다.

● **피드백**

여기에서는 외국어 능력으로 외국인과의 의사소통 능력을 보여주는 것이 핵심이 아니다. '어떤 방식의 의사소통으로 문제를 해결했는지'가 중요하다. 단순히 영어를 잘한다고 외국인과 의사소통을 잘하는 것은 아니다. 따라서 자신의 외국어 실력을 보여주기보다 외국인과 만나 그들의 문화를 이해하고 소통하려고 노력한 부분을 강조해야 한다.

07

자기소개서 7단계 쓰기

7단계 자기소개서에 무엇을 쓸까?

앞에서 지원하는 곳에서 원하는 직무에 맞는 나의 이야기를 선별했다면, 이제 그것을 7단계로 정리할 차례이다. 자기소개서 7단계는 '동기-도전-갈등(어려움)-갈등 해결(극복 과정)-결과-결과 분석-새로운 방향 제시'로 구성된다. 다음 자기소개서 7단계에 맞게 자신의 스토리를 정리해보자. 자동차 회사의 디자인팀에서 일하고 싶은 지원자 P씨의 자기소개서를 예시로 함께 읽어보자.

동기 ➡ 도전 ➡ 갈등 ➡ 갈등 해결 ➡ 결과 ➡ 결과 분석 ➡ 방향 제시

1) 동기 쓰기

동기는 그 일을 왜 하게 되었는가에 대한 물음의 답이다. 봉사활동을 하는 동아리에 가입하든, 그 일을 하게 된 나만의 계기가 있을 것이다. 동기를 밝히는 것은 자기소개서의 첫 번째 단추다. 어떻게 보면 동기는 쓰기에 가장 어려운 부분이다. 첫 문장을 쓰는 것이 어렵듯, 글을 여는 단계는 언제나 힘이 든다.

한 회사에 지원할 때 다른 사람에게 설명할 만큼 또는 다른 사람들을 설득할 만한 대단한 동기를 가지고 있는 사람은 많지 않다. 대부분은 해당 분야에서 긍정적인 평가를 받는 회사라는 이유로 지원을 한다. 마치 전공과목 수업 첫 시간에 돌아가면서 과목을 수강하게 된 이유를 말할 때와 같은 기분일 것이다. 전공과목이라 수업을 신청했더라도 "이 수업을 듣지 않으면 졸업을 못 하니까요."라고 아무도 말하지 않는 것처럼, 그 회사에 지원한 특별한 사연이 없더라도 자신의 경험과 연결할 수 있는 특별한 동기를 구성해야 한다.

예) 아버지께서 자동차 정비소를 하셨다. 어려서부터 다양한 종류의 차를 수리하는 아버지의 모습을 보며 직접 자동차를 만들고 싶다고 생각했다.

2) 도전 쓰기

무엇인가를 하고 싶다는 생각과 목표만 있다고 그 일을 이룰 수 있을까? 목표가 생겼다면 그 목표를 이루기 위해 무엇을 해야 하는지 정해야 한다. 모든 도전은 성공으로 바로 이어지지 않는다. 그러므로 성공이 뒤따르는 도전을 염두에 둘 필요는 없다. 말 그대로 지원하는 분야에 대한 도전정신과 자신의 열정을 보여줄 수 있는 경험을 떠올려보고 이야기를 구성하는 것이 중요하다.

예) 직접 자동차를 만들고 싶다는 생각에 엔진과 미션 등 자동차 주요 부품에 대한 책을 사서 독학으로 공부를 했다. 아버지 공장에서 버리는 엔진 등 주요 부품을 직접 분해하고 조립하면서 밤을 새우기도 했다.

3) 갈등 쓰기

도전을 하다 보면 어려운 점이 발생할 수 있다. 여기에는 나를 가로막는 장벽, 에너지를 빼는 일, 잘못된 습관 등을 적는다. 갈등은 실패나 위기의 상황을 어떻게 극복했는가를 보여줄 수 있는 부분이다. 대부분의 사람들이 자신이 겪은 갈등을 작성하는 것을 어려워한다. 갈등을 겪으며 변화된 긍정적인 경험을 해보지 못한 경우가 많기 때문이다. 또는 갈등을 말하는 것 자체가 자신의 비틀어진 욕망을 들키는 것 같거나 단점을 드러내는 것 같아 거부감이 들 수도 있다. 그러나 갈등은 갈등으로만 끝나는 것이 아니라, 극복과 배움, 그리고 발전이 뒷받침된다. 자신이 겪은 최악의 갈등은 해결능력과 방법에 따라 발전할 수 있는 최고의 기반이 된다는 점을 잊지 말자.

예) 매일 아버지 공장에서 혼자 부품을 조립하다가 하루는 팔을 조금 다친 적이 있는데, 이때부터 어머니는 내가 자동차 분야로 장래를 결정하는 걸 반대하셨다. 자동차 이야기만 나와도 손사래를 치는 어머니와 자동차만 보면 좋아하는 나 사이에 갈등이 생기고 말았다.

4) 갈등 해결 쓰기

어려운 점이 있다면 포기하지 않고 그것을 극복하려고 노력할 것이다. 위에 작성한 갈등과 갈등을 해결하려는 시도와 노력의 과정을 적절하게 배치해야 한다. 갈등 해결은 스스로도 가능하지만 조언을 듣고 해결할 수도 있다. 갈등 해결은 문제해결력이 보이도록 작성하는 것이 좋다. 갈등 해결에서 주의할 점은 완벽한 해결은 없다는 것을 아는 것이다. 그러므로 자신이 겪은 갈등이 해결되지 못했다고 하더라도 그 과정이 해결을 향해 있다면, 갈등 해결의 좋은 예시가 될 것이다.

예) 아버지의 길을 따라 가고 싶다는 말로 어머니를 설득했고, 어머니의 조언에 따라 이론적인 공부로 방향을 전환했다. 어머니도 나도 조금씩 변화하며 모두가 원하는 방향으로 변화를 이뤄낼 수 있었다. 그 결과 과학고등학교와 ○○대학 기계과로 진학했으며, 디자인도 함께 공부하게 되었다. 자동차 디자인 공모전이나 자동차를 직접 만들어 출품하는 공모전에도 도전했다.

5) 결과 쓰기

갈등을 해결해서 어떤 결과를 얻었는지에 대해 쓴다. 결과가 꼭 성공적이 아니어도 괜찮다. 공모전에 참여했는데 수상을 하지 못했더라도 그 과정에서 얻은 것에 가치를 두고 쓰면 된다. 스토리가 없는 수상 경력보다는 그것이 더 좋은 소재가 될 수 있다.

예) 자동차 디자인 공모전에 출품하여 전시되었을 때, 내가 디자인한 자동차 앞에 사람들이 가장 많이 모였다. 많은 사람의 호평 덕분에 '가장 타보고 싶은 자동차'에도 선정되었다.

6) 결과 분석 쓰기

그 후 나는 어떤 변화가 있었는가? 또는 결과가 좋지 않았다면 왜 결과가 좋지 않았는지 분석한다.

예) '가장 타보고 싶은 자동차'에는 선정되었지만, 왜 더 좋은 결과를 내지 못했을까 하는 의문이 생겼다. 공모전을 통해 알게 된 현업 선배님을 조금 귀찮을 정도로 졸라 솔직한 평을 들을 수 있었다. 디자인은 좋았지만 실제 엔진에 비해 바디가 너무 커서 실용적인 면이 떨어진다는 평이었다. 자동차는 아무리 디자인이 좋아도 실용성이 떨어지면 소용이 없다는 것을 깨달았다.

7) 방향 제시 쓰기

결과를 바탕으로 앞으로 어떤 일을 하고 싶은가? 기업에 들어가서 어떤 일로 기여할 것인지에 대해 쓴다.

예) 디자인팀에 들어가서 효율성과 실용성을 겸비한 자동차를 디자인할 것이다. 겉모습은 물론이고 내부까지 아름다운 자동차를 만들 것이다.

자기소개서 실제 쓰기 ① ~ ④

1) 자기소개서 실제 쓰기 ①

앞에서 예로 든 동기 쓰기부터 방향 제시까지 정리를 해
보자.

- 이름: 김창의
- 지원 회사: ○○자동차 회사
- 직무: 자동차 디자인부

	단 계	내 용
1	동기	아버지께서 자동차 정비소를 하셨다. 어려서부터 다양한 종류의 차를 수리하는 아버지의 모습을 보며 자동차를 직접 만들고 싶다는 생각을 하게 되었다.
2	도전	자동차를 직접 만들어 보고 싶다는 생각에 엔진과 미션 등 자동차 주요 부품에 대한 책을 사서 독학으로 공부를 했다. 아버지 공장에서 버리는 엔진 등 주요 부품을 직접 분해하고 조립하면서 밤을 새우기도 했다.
3	갈등	매일 아버지 공장에서 혼자 부품을 조립하다가 하루는 팔을 조금 다친 적이 있는데, 이때부터 어머니는 내가 자동차 분야로 장래를 결정하는 걸 반대하셨다. 자동차 이야기만 나와도 손사래를 치는 어머니와 자동차만 보면 좋아하는 나 사이에 갈등이 생기고 말았다.

4	갈등 해결	아버지의 길을 따라 가고 싶다는 말로 어머니를 설득했고, 어머니의 조언에 따라 이론적인 공부로 방향을 전환했다. 어머니도 나도 조금씩 변화하며 모두가 원하는 방향으로 변화를 이뤄낼 수 있었다. 그 결과 과학고등학교와 ○○대학 기계과로 진학했으며, 디자인도 함께 공부하게 되었다. 자동차 디자인 공모전이나 자동차를 직접 만들어 출품하는 공모전에도 도전했다.
5	결과	자동차 디자인 공모전에 출품하여 전시되었을 때, 내가 디자인한 자동차 앞에 사람들이 가장 많이 모였다. 많은 사람의 호평 덕분에 '가장 타보고 싶은 자동차'에도 선정되었다.
6	결과 분석	'가장 타보고 싶은 자동차'에는 선정되었지만, 왜 더 좋은 결과를 내지 못했을까 하는 의문이 생겼다. 공모전을 통해 알게 된 현업 선배님을 조금 귀찮을 정도로 졸라 솔직한 평을 들을 수 있었다. 디자인은 좋았지만 실제 엔진에 비해 바디가 너무 커서 실용적인 면이 떨어진다는 평이었다. 자동차는 아무리 디자인이 좋아도 실용성이 떨어지면 소용이 없다는 것을 깨달았다.
7	방향 제시	디자인부에 들어가서 효율성과 실용성을 겸비한 자동차를 디자인할 것이다. 겉모습은 물론이고 내부까지 아름다운 자동차를 만들 것이다.

세상을 놀라게 할 자동차를 디자인하다

아버지께서는 카센터를 운영하셨습니다. 어린 시절 나의 놀이터는 카센터였습니다. 자연스럽게 차에 관심을 가지게 되었고, 망가진 차가 아버지의 손을 거치면 멀쩡해지는 모습을 보며 자동차를 고치는 의사가 되겠다는 꿈을 가지게 되었습니다.

자동차와 관련된 도서를 찾아 자동차 엔진 등 기술적인 공부를 하며, 아버지 공장에서 버려지는 엔진 등 주요 부품을 분해하고 조립하면서 밤을 새우기도 했습니다. 그러다 팔을 조금 다쳤는데, 그때부터 어머니는 자동차 이야기만 나와도 손사래를 치셨습니다. 그래서 어머니께 제 미래 모습을 프레젠테이션으로 만들어 보여드리며 설득하였습니다. 그때부터는 이론적인 공부에도 매진하면서 자동차 관련 도서를 읽기 시작했습니다. 기술에 대해 깊이 있게 공부하면 할수록 기초과학에 대한 지식이 부족하다는 것을 알게 되었고, 물리와 화학 등을 공부하기 시작했습니다.

과학을 깊이 있게 공부할 수 있는 과학고등학교에 입학하여 과학의 기초를 다질 수 있었습니다. ㅇ

○대학 기계과에 들어가 디자인도 함께 공부하게 되었습니다. 디자인을 공부하며 효율성과 실용성을 겸비한 자동차를 디자인하고 싶다고 생각했고, 겉모습만이 아닌 내부까지 아름다운 자동차를 디자인해서 '아름다운 자동차 디자인 대회'에서 수상하기도 하였습니다.

출품작들이 전시되었을 때 내가 디자인한 자동차 앞에 사람들이 가장 많이 모였고, '가장 타보고 싶은 자동차' 부문에서 1위로 뽑히기도 하였습니다.

하지만 왜 더 좋은 결과를 내지 못했을까 하는 의문이 생겨서, 공모전을 통해 알게 된 현업 선배님을 조금 귀찮을 정도로 졸라 솔직한 평을 들을 수 있었습니다. 디자인은 좋았지만 실제 엔진에 비해 바디가 너무 커서 실용적인 면이 떨어진다는 평이었습니다. 자동차는 아무리 디자인이 좋아도 실용성이 떨어지면 소용이 없다는 것을 깨달았습니다. 이후 기술적인 면을 더 공부해야겠다는 생각으로 독일 ○○대학의 교환학생으로 가게 되었습니다.

디자인과 기술을 겸비한 엔지니어로서 ○○자동차에 입사해서 지금까지 없던 새로운 개념의 자동차를 만들고 싶습니다.

2) 자기소개서 실제 쓰기②

〈쿵푸 팬더〉*의 주인공인 포는 제이드 궁전에서 용의 전
사를 뽑는다는 모집 공고를 보고 자기소개서를 쓰기로 한
다. 그런데 용의 전사가 되기 위해서는 무적의 5인방처럼
쿵푸 실력이 뛰어나야 한다. 하지만 포는 쿵푸를 배운 적이
없고 내세울 만한 스펙도 없다. 쿵푸에 대한 열정만큼은 누
구도 따라올 수 없을 만큼 자신이 있다. 자, 지금부터 포가
자기소개서를 쓴다는 가정하에 7단계로 정리해보자.

- 이름: 포
- 지원 회사: 제이드 궁전
- 직무: 용의 전사

	단 계	내 용
1	동기	국수를 배달하러 갔을 때 무적의 5인방이 적을 무찌르는 모습을 보며 쿵푸를 알게 되었으며, 쿵푸를 배워야겠다고 다짐했다.

---

* 이 영화의 주인공인 포의 관심사는 오로지 '쿵푸'이다. '무적의 5인방'의 대결
을 보기 위해 시합장을 찾은 포는 우그웨이 대사부에게 용의 전사로 점지된다.
시푸 사부는 이를 받아들이기 힘들었지만 쿵푸에 열정적인 포의 모습에 감동받
아 쿵푸 기술을 전수해준다. 결국 포는 어둠의 감옥에서 탈출한 타이렁을 막아
내는 미션에 성공하고 쿵푸 마스터로 거듭난다.

2	도전	무적의 5인방 인형을 구해서 방에 두고 매일 아침에 일어나면 무적의 5인방의 필살기를 연습했다.
3	갈등	· 아버지는 제이드 마을에서 제일 유명한 국수집을 운영하고 있다. 혼자 국수집을 하고 계셔서 아들로서 도와드리고 가업을 이어야 하는 부담감을 느낀다. · 먹기를 좋아해서 너무 많이 먹다 보니 살이 많이 쪄서 쿵푸하기에 적합한 몸이 아니라는 생각이 든다.
4	갈등 해결	가업을 잇는 것도 중요하지만 내가 정말 원하는 것은 쿵푸이다. 쿵푸를 할 때 가장 행복하며 무적 5인방의 모습만 봐도 가슴이 떨린다. 쿵푸를 할 때는 아무 생각도 들지 않으며 몰입하고 있다는 것을 느낄 수 있다.
5	결과	지금은 살도 많이 빠졌으며, 쿵푸 동작도 조금씩 다 들어지고 있다.
6	결과 분석	쿵푸는 매일 빠지지 않고 연습하고 있다. 무적의 5인방을 모델로 연습하고 있는데 나만의 필살기를 갖춘다면 무적의 포가 될 수 있겠다는 생각이 든다.
7	방향 제시	제이드 궁전에서 무적의 5인방과 쿵푸를 배우기 시작했다. 시푸 사부님에게 쿵푸를 전수를 받고 나만의 새로운 기술도 개발할 것이다.

위와 같이 정리된 7단계에 맞춰 스토리를 입히며 자기소개서를 작성해보자.

쿵푸를 향한 열정

아버지는 제이드 마을의 최고 맛집인 국수 가게를 운영하고 있다. 나는 아버지를 도와 국수 가게에서 배달과 서빙을 담당하고 있다. 어느 날 국수를 배달하러 가는데 타이그리스가 악당 멧돼지 보어를 물리치는 모습을 보고 쿵푸의 매력에 빠졌다. 그뒤 차차 내가 진심으로 쿵푸를 좋아한다는 것을 알게 되었다.

쿵푸를 연습하기 위해 무적의 5인방 인형을 두고 하루도 거르지 않고 매일 쿵푸 연습을 했다. 무적의 5인방들의 필살기를 나에게 맞게 바꿔가며 연습을 게을리하지 않았다. 꿈에서도 쿵푸를 할 정도로 쿵푸에 매진했다.

하지만 아버지는 내가 가업을 이어 국수가게를 운영하기를 바라고 계신다. 버려진 나를 키워준 분이기 때문에 아버지의 말씀을 거역하기 힘들었다. 하지만 꿈에서도 원하는 것은 쿵푸였기에 아버지를 설득하기 위해 아버지의 일도 열심히 도와드리고, 틈나는 대로 쿵푸 연습을 했다. 하지만 국수를 만들 때보다는 쿵푸를 할 때 몰입하는 나의 모습을 발견하게 되었다. 쿵푸에 대한 열정을 보신 아버지께서는 나의 꿈을 응원해주기 시작했다.

무적의 5인방이 하는 동작을 따라 하다 보니 5인방의 장점을 응용하여 연습하게 되었고, 나에게 맞는 나만의 쿵푸 기술도 개발했다.

쿵푸를 하기에는 뚱뚱한 몸이었지만, 부단한 연습으로 몸도 유연해졌고 단단한 근육질의 몸매를 갖게 되었다. 제이드 궁전의 용의 전사가 된다면 그동안 독학으로 연마한 창의적인 쿵푸 기술을 무적의 5인방과 함께 다듬고 싶다. 시푸 사범님의 비밀 기술도 배워 누구도 대적할 수 없는 쿵푸 일인자로 거듭날 것이다. 다양한 기술을 연마하여 쿵푸를 배우고 싶어 하는 젊은이들을 가르치는 일도 해보고 싶다.

3) 자기소개서 실제 쓰기③

- 이름: 박도전
- 지원 회사: P여행사
- 직무: 상품 개발부

	단계	내용
1	동기	어린 시절부터 여행을 다니며 다른 나라에 관심을 갖게 되었다. 해외여행을 다니며 우리나라의 문화를 세계에 알리고 싶다는 생각을 하게 되었다.
2	도전	한국을 방문하는 외국인들을 가이드하고, 코이카에서 통역 봉사를 하였다.
3	갈등	가이드를 하고 통역 봉사를 하며 언어보다는 그 나라의 문화를 아는 것이 더 중요하다는 것을 알게 되었다.
4	갈등 해결	관광경영학과와 문화콘텐츠학과를 복수 전공하게 되었다.
5	결과	'대한민국 스토리텔링 관광 공모전'에서 우리나라 문화콘텐츠와 관광을 융합한 상품을 기획하여 대상을 수상했다.
6	결과 분석	문화경영에 관심을 가지게 되었고, 문화경영대학원에 입학했다.
7	방향 제시	여행사에 입사한다면 풍부한 경험을 바탕으로 우리나라의 여행 상품뿐만 아니라, 개인의 성향에 맞는 여행 상품을 만들어 차별화된 서비스를 제공하고 싶다.

세계의 모든 곳에 내 발자국을 남기다

어린 시절 부모님께서는 재산보다 경험을 물려주겠다는 생각으로 많은 곳을 경험하고 여행하도록 해 주셨습니다. 방학 동안에 국내나 해외로 여행을 다녔으며, 미리 여행지에 대해 조사해 가족회의를 통해 여행 계획을 세웠습니다. 계획을 세울 때는 인기 여행지보다는 현지의 문화를 느낄 수 있는 곳을 주로 다녔습니다.

여행을 하니 세계의 다양한 사람들과 대화를 나눌 기회가 많았습니다. 많은 이들이 한국에 대해 모르고 있다는 사실에 놀랐지만, 이야기를 나누다 보니 한국에 대한 호기심이 크다는 것을 알게 되었습니다. 우리나라의 훌륭한 문화가 세계에 알려져 있지 않아 안타까웠으며, 세계의 많은 사람에게 한국을 알리고 싶었습니다.

그래서 서울시 관광 통역 봉사와 코이카 통역 봉사에 지원하게 되었고, 서울로 관광 오는 외국인들의 관심사에 맞게 관광 코스를 함께 짜면서 많은 외국인 관광객들을 만났습니다. 가이드를 하면서 여행객이 만족하는 관광을 위해서는 그들의 문화를 먼저 알아야 하며, 다양한 문화콘텐츠를 공부해야 한다는 것을 알게 되었습니다. 그래서 문화콘텐츠학과를 복수 전공했고, 문화경영을 깊이 있게 공부하기 위해 문화경영대학원에 입학했습니다.

다양한 콘텐츠와 관광을 융합한 상품을 개발하여 다양한 공모전에도 참가했습니다. 그중 우리나라 문화콘텐츠에 맞는 관광상품으로 여행사가 주최하는 '대한민국 스토리텔링 관광 공모전'에서 대상을 수상하기도 했습니다.

○○여행사에 입사한다면 그동안 구상했던 우리나라 문화콘텐츠 관광 상품을 개발하고 싶습니다. 개인의 여행 스타일에 맞는 맞춤형 상품을 개발하는 창의적인 개발자가 될 것입니다.

4) 자기소개서 실제 쓰기④

- 이름: 최열정(경력자)
- 지원회사: S종합병원
- 직무: 간호원

	단계	내용
1	동기	K종합병원 수술실과 외과병동에서 3년 동안 근무하면서 시시각각 벌어지는 상황에 발 빠르게 대처하고 차분히 업무를 처리한 덕분에 함께 일하는 동료나 상사로부터 능력을 인정받았다. 그리고 더 큰 꿈을 실현하기 위해 S종합병원 근무를 꿈꾸게 되었다.
2	도전	S종합병원에 간호사를 채용한다는 소식을 듣고 간호사로서 한층 성장할 수 있는 기회라 생각하고 지원하게 되었다.
3	갈등	간호일을 시작하면서는 일을 완벽하게 처리해야 하는 강박감 때문에 때로 다른 간호사들에게 심적 부담을 주기도 했다.
4	갈등 해결	붙임성 있는 성격이기 때문에 작은 다툼이 있더라도 함께 일하는 동료가 나의 첫 번째 고객이라는 생각으로 화합하려고 노력했다.
5	결과	환자의 작은 요구도 성심껏 처리하여 인기 간호사와 칭찬 간호사로 선정되기도 했다.
6	결과 분석	의료 역시 서비스 정신이 바탕이 되어야 한다. 환자를 간호하는 역할은 물론 마음까지 치유할 수 있어야 진정한 의료인이 될 수 있다고 생각한다.

7	방향 제시	병원의 이미지를 대표하는 간호사로 S종합병원의 비 전을 실현하도록 노력하겠다.

몸과 마음을 치유하는 간호사

K종합병원 수술실과 외과병동에서 근무한 3년
간 시시각각 벌어지는 상황에 발 빠르게 대처하고
차분히 업무를 처리하면서 함께 일하는 동료나 상
사로부터 능력을 인정받았고, 더 큰 꿈을 실현하기
위해 S종합병원에 지원하게 되었습니다. 그동안 K
병원에서 쌓았던 실무 경험과 전문적 지식 및 기술
을 바탕으로 환자의 건강뿐만 아니라 마음까지 치
유할 수 있는 전문 간호사로 성장할 수 있는 기회라
는 생각에 지원하게 되었습니다.

간호일을 시작하면서는 일을 완벽하게 해내야 한
다는 마음에 하나부터 열까지 모두 처리하려고 하여
다른 간호사들에게 심적 부담을 주기도 했습니다.
갈등이 생길 때는 '함께 일하는 동료가 나의 첫 번째
고객이다.'라는 생각으로 소소한 기념일까지 챙겨주
며 우정을 쌓아 나갔습니다.

붙임성 있는 성격으로 동료뿐 아니라 환자들에게

도 친근하게 다가가서 작은 요구도 성심껏 처리하고 가족과 같은 마음으로 대하니 환자들의 투표로 선정되는 '최고 칭찬 간호사'에 여러 번 선정되었습니다.

의료 역시 서비스 정신이 바탕이 되어야 합니다. 환자의 몸을 간호하는 역할은 물론이고, 마음까지 치유할 수 있는 진정한 간호사가 되어야겠다는 생각을 합니다. S종합병원의 이미지를 대표하는 간호사로 병원의 비전을 실현하도록 노력하겠습니다.

자, 이제 여러분이 지원하는 기업의 인재상에 맞게 7단계를 정리해보자. 정리한 내용을 바탕으로 스토리를 입혀 자기소개서를 쓰면 완성도를 더 높일 수 있다.

	단계	내용
1	동기	
2	도전	
3	갈등	
4	갈등 해결	
5	결과	
6	결과 분석	
7	방향 제시	

※ 자기소개서의 문항에 따라 '방향 제시'는 들어가지 않아도 된다.

08

이상적인 자기소개서 쓰기

자기소개서, 이것만은 꼭 지키자

이제 이상적인 자기소개서를 쓰기 전에 꼭 지켜야 할 8 가지를 알아보자. 자기소개서를 잘 쓰기 위한 핵심 포인트 이다.

1) 나만의 자기소개서 양식 만들기

특정한 형식 없이 자유로운 자기소개서를 요구하는 기업 이 늘어나고 있다. 자유 형식은 하고 싶은 이야기를 쓸 수 있으며, 문자 형식에서 벗어난 여러 매체를 이용하여 자신 을 표현할 수 있다. 자신을 가장 잘 어필할 수 있는 양식을 만들어 자기소개서를 쓰는 것이 좋다. 가령, PPT를 잘 만드 는 사람은 자신의 능력을 어필할 수 있도록 PPT 형식으로 자기소개서를 만들면 된다. 자기만의 자기소개서는 사무 능력까지 보여줄 수 있는 기회이다.

2) 바탕체, 굴림체 등 사무용 서체 쓰기

글씨체, 줄 간격, 양쪽 정렬, 문단 나누기 등 기본적인 것을 지키지 않아 글의 가독성이 떨어지는 경우가 있다. 요즘 무료 서체가 많아 더 잘해보고 싶은 마음에 꾸밈 서체를 사용하는 경우가 있는데, 잘못 쓰면 가벼워 보이거나 서체가 적용되지 않을 수도 있다. 그러므로 기업에서 지정한 양식이 있다면 그것에 따라 작성하며, 자유 양식일 경우에도 가독성을 높이기 위해 기본 서체로 작성하는 것이 좋다.

3) 회사 로고를 넣은 양식 만들기

회사 로고를 넣으면 해당 회사에만 보냈다는 의미이므로 좋은 평가를 받을 수 있다. 또한 입사 담당자 입장에서 친숙한 로고이므로 눈길을 잡을 수 있다. 그런데 회사 로고를 다운받을 때는 공식 홈페이지에 나온 이미지를 받는 것이 중요하다. 간혹 변형되었거나 편집된 로고가 있기 때문이다.

4) 인턴이나 아르바이트 경험도 구체적으로 쓰기

인턴이나 아르바이트를 한 장소나 기업, 업무와 기간을 구체적으로 작성하는 것이 좋다. 업무를 담당하며 성장했던 경험이나 성과를 구체적으로 작성한다.

5) 오탈자 체크하기

오탈자가 없도록 작성하고 꼼꼼하게 점검한다. 오탈자는 가독성을 떨어뜨리고 성의 없는 인상을 줄 수도 있다. 부산대학교에서 제공하는 〈한국어 맞춤법/문법 검사기〉(https://speller.cs.pusan.ac.kr) 또는 네이버에서 제공하는 한글 맞춤법 검사기를 사용하여 띄어쓰기나 맞춤법을 점검하는 것이 좋다. 퇴고는 기본이다!

6) 제목 달기

눈길을 끌 수 있는 소제목을 다는 것이 중요하다. 문단을 나눌 때 소제목을 작성하면 전달력을 높일 수 있다. 자기소개서를 작성하기 전에 썼던 개요나 키워드를 소제목으로 활용하는 것이 좋다.

7) 두괄식으로 작성하기

두괄식으로 작성해야 채용 담당자 입장에서 이해가 빠르고 집중하여 읽을 수 있다. 서론이 너무 길거나, 하고 싶은 말을 뒤쪽에 넣으면 자기소개서를 읽는 내내 맥락을 이해하기 어려울 수 있다. 채용 담당자는 수십 장, 많게는 수백 장의 자기소개서를 읽으므로 그를 한 명의 독자로 생각하며 쓰는 것이 좋다.

8) 읽는 사람의 입장에서 작성하기

자기소개서 쓰기는 글을 읽는 사람과의 의사소통이다. 자기소개서를 검토할 사람이 궁금해할 만한 질문을 떠올리며 써야 한다. 읽는 사람의 입장에서 글을 쓰면 친절한 글쓰기가 가능해진다. 쓰는 이의 입장에서 쓴 글은 이해하기 어렵고 비약이 많으며 맥락과 흐름이 중구난방이다. 그러므로 문장과 문장 사이, 문단과 문단 사이의 유기성을 생각하며 철저히 읽는 사람의 관점에서 써야 한다.

자기소개서 질문 분석하기

최근 기업에서는 자신들이 원하는 인재를 쉽게 가려내기 위해 기업만의 독특한 문항을 넣어 자기소개서를 작성할 것을 요구하고 있다. 그러므로 왜 그러한 문항을 넣었는지 기업 입장에서 분석하여 글을 써야 한다.

예를 들어, 글자 수를 적게 쓰도록 하는 회사라면 짧은 글 속에서 얼마나 조리 있게 자신의 생각을 잘 표현하는가를 보려는 의도가 있다. 또한 역량 기술서를 요구하는 기업은 지원자가 가지고 있는 능력을 파악하겠다는 의도가 있다. 이처럼 기업이 요구하는 양식에는 그들의 숨은 의도가 들어 있기 때문에 그 의도를 파악하는 것이 중요하다.

1) 과거의 나를 보여주는 질문

과거의 성장 과정에서 겪은 경험 중 어떤 것이 가장 적절한지 선택한다. 이 선택 기준은 지원할 기업을 분석하여 정해야 한다. 앞에서 소개한 자기소개서 키워드(43쪽)에 맞는 경험을 통해 자신이 어떤 발전을 이루었는지, 실패했다면 거기에서 어떤 교훈을 얻었는지, 그리고 어떻게 문제를 해결했는지를 기록한다. 성장 과정의 스토리는 구구절절 감성적으로 보이거나 복잡해질 수 있으므로, 자기다움이나 자기 역량에 관련된 스토리만 선별하여 적는다.

질문① 성장 과정에서 가장 힘들고 어려웠던 일은 무엇이며, 그것을 어떻게 극복하였는지 기술해주십시오.

질문② 귀하의 성장 과정을 통해 본인을 소개해주십시오.

질문③ 성장 과정과 학창 시절을 소개해주십시오.

질문④ 인생에서 가장 소중한 경험은 무엇이며, 그것을 통해 배우고 얻은 것은 무엇인지 기술해주십시오.

[실제 작성 사례 피드백]

＊지원 분야: 전자회사 영업 담당자

＊보여주고 싶은 역량: 커뮤니케이션 능력

질문③ 귀하의 성장 과정과 학창 시절을 소개해주십시오.

소통하는 리더로 성장하다

초등학교 2학년 때 처음 반장선거에 나갔습니다. 반장이 되고 싶었던 저는 반장선거 전 아침 일찍 학교에 가서 청소도 하고, 갑자기 아픈 친구들을 양호실에 데려다주며 눈에 띄는 행동을 했습니다. 선거날 친구의 추천을 받아 거의 몰표를 받아 반장이 되었습니다. 그것을 시작으로 고등학교 때까지 11년 동안 반장을 했으며, 초·중·고 모두 전교회장을 하기도 했습니다. 대학에 들어가서는 과대표로 학생회 임원으로 활동했습니다.

제가 15년 동안 리더로 활동할 수 있었던 가장 큰 힘은 소통하는 능력 덕분이라 생각합니다. 사실 초등학교 때까지는 친구들을 잘 이끌고 다녀서 '작은 선생님'이라는 별명을 들었습니다. 선생님이 안 계시면 공부도 가르치고 자습도 시키며, 별명처럼 친구들 위에 서서 이끌어가는 반장이었습니다. 중학교에 들어가 반장이 되고, 초등학교 때처럼 일방적으로 리드하는 방식으로 친구들을 대했습니다. 체육대회 때 반티셔츠도 1안, 2안, 3안을 만들고 그 안에서 선택하도록 했으며, 선수들 배치도 제가 구성해서 통보했습니다.

친구들은 왜 자신들의 의견을 듣지 않고 마음대로 정하냐고 반발을 하기 시작했습니다. 저 나름대로 여기저기 찾아다니고 고민해서 정리하고 배치한 것인데 친구들이 반발을 하니 서운한 생각이 들었습니다.

그러나 이 일로 리더는 소통을 해야 한다는 생각을 하게 되었습니다. 체육대회에 대해 토론하면서 저 혼자 생각하는 것보다 친구들과 함께 이야기를 나누면 더 창의적인 의견이 나온다는 것을 알게 되었습니다.

그 이후 어려운 일이 있으면 먼저 사람들과 이야기를 나누는 방식으로 회의를 진행했으며, 덕분에 15년 동안 친구들의 지지를 받을 수 있었다고 생각합니다. 누구든 1분만 이야기를 나누면 자기편으로 만든다는 평을 들을 정도로 소통의 신이 되었습니다.

15년 동안의 리더 경험 덕분이라고 생각합니다.

● 피드백

성장 과정을 쓰다 보면 문장이 복잡해지고 구구절절 설명하는 경우가 많다. 쓸 내용이 많겠지만 분량을 생각하며 줄이고, 가독성을 고려해 문장을 짧게 끊어 쓰는 것이 좋다. 성장 과정에서 얻게 된 역량 중에서 직무와 관련된 하나만 골라 자세히 쓰는 것이 좋다. 지원자는 계속 15년 동안의 리더 경험이 있다고 강조하고 있는데, 리더로서 자신의 능력을 발휘했던 스토리를 하나만 선택하여 자세히 쓰는 것을 권장한다.

2) 현재의 나를 보여주는 질문

현재의 나를 보여주는 질문에 답하기 위해서는 장점과 강점 역량을 보여주어야 한다. 다음 질문에는 내가 기업에 맞는 인재임을 활동과 경험 사례를 통해 보여주어야 한다. 그리고 어려움을 극복하는 방법이나 모르는 것에 대한 답을 구하는 방법에 대해 구체적으로 기술한다.

질문① 자신의 현재에 만족하지 않고, 끊임없는 개선을 통해 타인을 감동하게 했던 경험과 그 결과에 대해서 서술해주십시오.

질문② 자신의 목표를 달성하기 위해 가장 열정을 쏟았던 경험에 대하여 과정이 드러나도록 자세히 기술해주십시오.

질문③ 지금까지 학업 이외에 경험한 최고의 성공 체험이 있다면 그것을 위해 노력한 과정과 그 과정에서 성장한 나의 모습을 서술해주십시오.

질문④ 경험했던 조직생활 중 팀워크를 유지하고 강화시키기 위해 노력한 과정을 구체적으로 서술해주십시오.

질문⑤ 타인과의 갈등으로 힘들었던 사례와 그 갈등을 해결하기 위해 어떠한 노력을 기울였는지 구체적으로 기술해주십시오.

질문⑥ 가치관 및 인생관에 영향을 끼쳤던 경험을 서술해주십시오.

질문⑦ 우리 기업의 인재상과 관련해, 가장 열정적으로 임했던 일과 그 일을 통해 이룬 성과에 대해 상세히 기술해주십시오.

[실제 작성 사례 피드백]

*지원 분야: 신문사 기자

*보여주고 싶은 역량: 열정, 자료 수집, 글쓰기

질문② 자신의 목표를 달성하기 위해 가장 열정을 쏟았던 경험에 대하여 과정이 드러나도록 자세히 기술해주십시오.

아버지에게 신문 읽기를 배우다

아버지께서는 새벽까지 일하시고 들어오셔서 새벽에 배달된 신문을 읽으셨습니다. 신문을 꼼꼼하게 읽으신 후 잠자리에 드셨습니다. 어린 제가 "신문이 재미있어요?"라고 물으면 "신문에는 세상의 모든 이야기가 다 들어있다." 하고 말씀하셨습니다. 그래서 어렸을 때부터 신문은 나의 놀이터이자, 배움터였습니다. 텔레비전 시간표를 보고 수를 익혔으며 떠듬떠듬 글자를 배웠습니다.

초등학생이 되어서는 아버지와 함께 신문을 읽으며 자연스럽게 토론을 했습니다. 중학교에 들어가서는 학교 선생님께서 내주신 스크랩 숙제를 계기로 다양한 기사를 모았고 거기에 내 생각을 적었습니다. 이 습관은 지금까지 계속 가지고 있습니다. 신문을 읽고 생각을 정리하는 습관 덕분에, 초등학교부터 대학까지 토론대회에 참여하였고, 대학 때는 전국 대학생 토론대회에서 단체 2등상을 수상하였으며, 개인 부문에서는 대상을 수상하였습니다.

대학을 다니며 지역아동센터 멘토 대학생으로 봉사를 했는데, 학교 성적이 부진한 학생들을 대상으로 신문 읽기를 가르쳤습니다. 시작은 청소년들이 좋아하는 연예기사에서 사회 분야나 경제 정치로 확장해나갔습니다. 공부에 관심 없던 아이들이 신문을 함께 읽으며 이야기를 나누었고, 그 덕분에 성적이 오르고 자신이 하고 싶은 것을 찾아가는 모습에 보람을 느꼈습니다.

●피드백

열정을 쏟았던 경험을 써야 할 때 대단한 내용을 적어야 한다는 강박관념 때문에 너무 거창한 표현을 쓰는 경우가 많다. 거창한 내용을 쓰려고 하면 내용이 딱딱해질 수 있다. 또한 너무 과장되게 쓰면 읽는 사람이 의구심을 품을 수도 있다. 단순 주장으로 끝나지 말고 부단하게 자기 계발을 통하여 얻은 새로운 지식과 정보 습득에 주저하지 않았다는 점에 더 초점을 맞추면 좋다. 그리고 거창한 내용보다는 흥미롭게 스토리텔링하여 표현해야 더 좋은 평가를 받을 수 있다. 지원자는 어렸을 때 아버지에게 배운 신문 읽기를 통해 성장한 내용을 일관성 있게 기술해서 진정성이 느껴진다.

3) 미래의 나를 보여주는 질문

미래의 나를 보여주는 질문은 기업 분석이 되어야 작성할 수 있다. 그리고 내가 지원하는 기업이 10개라면 10개 모두 다르게 작성해야 한다. 같은 마케팅 부서라고 해도 기업마다 추구하는 것이나 비중 있게 생각하는 일이 모두 다르다. 그러므로 기업 분석을 완벽하게 한 후에 거기에 맞게 작성한다.

기업은 미래를 보여주는 질문을 통해 입사 후 하게 될 일을 잘 파악하고 있는지, 기업의 향후 사업 방향에 대해 잘 알고 있는지를 파악한다. 여기서 주의할 것은 미래의 나를 보여준다고 해서 퇴사 후 포부까지 쓰면 안 된다는 점이다. 예를 들어, 해외 영업부에서 일한 경험을 바탕으로 창업을 하겠다고 한다면 여러분이라면 이 사람을 뽑겠는가. 회사에서 일을 배워 퇴사하겠다는 뜻이니 이런 지원자는 뽑지 않을 것이다. 최소한 10년은 회사에서 근무할 것처럼 보이도록 써야 한다.

질문① 우리 기업에 지원하게 된 동기와 우리 기업에 들어오면 어떤 기여를 할 수 있는지 기술해주십시오.

질문② 우리 기업에 지원하게 된 동기를 작성하고, 희망 직무에 대해 기술해주십시오.

질문③ 우리 기업을 선택한 이유와 목표를 기술해주십시오.

질문④ 우리 기업 및 직무에 지원한 동기와 지원한 직무를 잘 수행할 수 있는 이유를 본인의 경험, 준비, 노력을 바탕으로 기술해주십시오.

질문⑤ 10년 후 귀하의 모습을 상상해보고, 그것을 성취하기 위해 어떤 노력이 필요한지 기술해주십시오.

질문⑥ 당신의 10년 후 모습을 그려보십시오. 그 목표를 달성하는 데 있어 우리 기업에 입사하는 것이 어떤 의미가 있는지 기술해주십시오.

*지원 분야: ○○은행 영업 파트

*보여주고 싶은 역량: 커뮤니케이션 능력, 서비스 정신, 기획력

질문⑤ 10년 후 귀하의 모습을 상상해보고, 그것을 성취하기 위해 어떤 노력이 필요한지 기술해주십시오.

영업왕으로 거듭나다

저는 ○○은행에서 1년 안에 영업왕이 될 것입니다. 고객과 직접 대면하면서 개인의 성향을 파악하여 최상의 서비스를 제공하고, 기존 고객을 통하여 잠재 고객을 확보하여 영업망을 점점 늘려갈 것입니다. 그렇게 신규 고객을 늘려가서 고객에게 인정받는 영업왕이 될 것입니다.

10년 후에는 자산관리 전문가가 될 것입니다. 평균수명이 길어지고 있는데 은퇴 시기는 그에 비해 빠릅니다. 월급을 모아 노후를 준비하는 것은 어렵습니다. 투자와 저축의 밸런스를 맞추어 건강하고 행복한 인생을 보장할 수 있는 상품을 개발하여 모든

사람들이 행복한 노후를 누릴 수 있도록 하겠습니다. 현재 ○○은행에서 제공하고 있는 자산관리 서비스가 다양하지만 서민들보다는 부유층을 대상으로 하고 있습니다. 앞으로는 자산관리 서비스를 활용할 수 있는 대상을 넓혀가야 한다고 생각합니다.

모든 계층에 맞는 다양한 서비스 상품을 개발하기 위해서는 은행의 모든 업무를 경험해야 하기에 발로 뛰며 현장 경험을 쌓겠습니다. 그리고 지금까지 구독하고 있는 경제신문과 다양한 분야의 책을 읽어 시장을 보는 눈을 키우겠습니다. 기본이 탄탄한 자산관리 전문가로 성공할 10년 프로젝트를 한 단계 한 단계 성실히 수행해나갈 것입니다.

●피드백

영업왕이 되겠다는 포부에 패기가 느껴진다. 하지만 회사에 들어와 10년 동안 이룰 성장과 노력에 대해 물었다. 그런데 이 글은 어떤 은행에 제출해도 되는 내용이다. 더 큰 문제는 언제든지 좋은 조건의 회사로 이직할 것이라는 말을 대놓고 하고 있다. 10년 계획이라도 지원하는 기업에 해당하는 업무에 맞게 구체적으로 표현하는 것이 좋다.

4) 기업 분석에 관한 질문

기업 분석에 관한 질문을 하는 이유는 지원자가 기업과 얼마나 사랑(?)에 빠졌는지를 알아보는 것이라 생각하면 된다. 사랑하면 그 사람에 대해 더 자세히 알려고 노력하고 어떻게든 다양한 정보를 찾아보려고 한다. 지원자가 기업에 대해 얼마나 알고 있느냐는 무척 중요하다. 어떤 사업을 하고 있고, 핵심 사업은 무엇이며, 어떤 목적의 사업인지를 이해하되, 단순한 정보 수집이 아닌 관심과 이해를 바탕으로 분석해야 한다.

질문① 기업의 규모는?(수치로 표시된 사항에 대해 기록한다.)

질문② 기업의 장단점은?(신문 기사에 나온 기업 뉴스를 통해 객관적인 평가를 기록한다.)

질문③ 회사에서 어떤 일을 하고 싶은가?(기업의 인재상과 내가 가진 장점이 일치하는가?, 내가 가진 장점을 입사 후 극대화시킬 수 있는 기업인가?)

질문④ 기업에서 나를 뽑아야 하는 이유는?

질문⑤ 기업 입사 후 나의 계획은?(1년, 3년, 5년, 10년 단위로 나의 계획을 기록하고, 1년 단위로 내가 기업에 어떤 역할을 할 수 있는지 기록한다.)

*지원 분야: ○○백화점

*보여주고 싶은 역량: 기획력, 분석력, 서비스 정신

질문④ 본인이 ○○백화점에 적합하다고 생각하는 이유를 기술하십시오.

나는 최고가 되는 법을 알고 있다

대학 2학년을 마치고 휴학 중에 ○○백화점 명품관에서 수입 명품을 판매하는 아르바이트를 했습니다. 행사가 열릴 때 명품 가방을 전시하고 청결을 유지하는 일을 맡았습니다. 고객에게 어울리는 제품을 추천하는 일도 했습니다.

고객이 만족할 수 있는 제품을 추천하기 위해 명품 잡지와 트렌드에 대해 공부하여, 대학생 고객에게는 가격 대비 견고하며 세련된 젊은 감각의 가방을, 사회적 지위가 있고 나이가 지긋하신 고객에게는 무게가 가볍고 공간이 넓은 가방을 추천했습니다. 아르바이트생은 가방 한 개도 쉽지 않은데 저는 하루에 5개 이상을 판매했고, 아르바이트계의 레전

드라는 별명을 얻기도 했습니다.

경제 침체 속에 명품관의 매출이 줄어들고 있는 지금 ○○백화점은 고급화 전략으로 명품관에 많은 공을 들이고 있습니다. ○○백화점은 외국의 트렌디한 제품들을 입점하여 세련되고 특색 있는 제품을 선호하는 고객들을 확보하고 있습니다. 고객이 만족하는 제품을 선별해주는 것도 매장 관리자의 몫이라고 생각합니다. 저의 역량과 열정으로 최고의 시너지 효과를 낼 수 있을 것이라 생각합니다.

●피드백

기업에서 지원자를 왜 뽑아야 하는지를 쓰라는 질문이다. 수많은 지원자 중에 왜 나여야 하는지를 설득력 있게 주장해야 한다. 무조건 나는 열정이 있고, 나는 그 기업에서 요구하는 인재라고 써봤자 공허한 메아리가 될 뿐이다.

지원자는 한 개도 판매하기 어려운 명품 가방을 하루에 5개씩 판매하여 레전드가 된 내용을 썼다. 명품관에 공을 들이고 있는 회사의 취지에 맞게 명품을 팔아본 경험은 질문의 취지에 적절한 대답이다. 명품 추천을 위해 명품 잡지를 읽고 트렌드를 연구했다고 했는데, 구체적으로 어떻게 준비했는지 쓰면 더 좋은 자기소개서가 될 수 있다.

09

가상 자기소개서 실천하기

1장부터 8장까지 한 단계 한 단계 밟아서 가장 이상적인 자기소개서를 써보았다. 이제 가상 자기소개서가 최종 자기소개서로 발전될 수 있도록 실천하고 점검해보자.

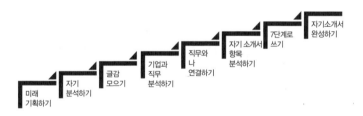

존스홉킨스대학의 교수이자 저명한 의학자 윌리엄 오슬러 경은 자신의 성공 비결을 '오늘을 충실하게 사는 것'이라고 했다. 계획은 미래를 위해 존재하지만 행동은 오늘을 위한 것이다. 장기 비전과 전략, 전술을 기반으로 하루를 산다면 내가 원하는 미래를 얻을 수 있다. 그러므로 미래는 멀리 있는 것이 아니라 현재에 있다. 처음에 우리가 자신의 미래 모습을 그리는 단계에서 했던 것들은 미래를 현재로 불러오는 작업이었다. 미래의 모습은 현재를 통해 이루어지고, 현재는 미래를 구체화하는 단계이다. 그러므로 현재와 미래는 서로 멀지 않은 곳에 있다.

이러한 맥락에서 그 사람의 일상을 보면 미래를 예측할 수 있다고 한다. 물론 이러한 예측들은 새로운 변이나 가능성까지 예측할 수 없지만, 자신의 꿈을 구체화하는 것은 현재의 자신이다. 그러므로 기회는 실천하는 자가 받는 선물이다. 미래 비전에 맞게 실천 방법과 전략을 세우는 것은 중요하다. 한 단계씩 밟으며 완벽한 계획을 세웠다면, 이제 실천 가능성을 높이는 방법을 알아보자.

실천 가능성을 높이는 방법

1) 성공 경험을 높여라

처음부터 많은 시간과 투자가 필요한 일보다는 작은 실천으로 성공할 수 있는 일부터 시작한다. 시작부터 실패로 끝난다면 자신감도 떨어지고 에너지도 빠질 수 있다. 예컨대 '오늘부터 책을 하루에 20쪽씩 읽겠다.'라든가 '매일 내가 지원할 회사의 홈페이지에 방문하여 새로운 소식을 보

거나 관련 기사를 읽겠다.'는 것을 목표로 정하고 실천해
본다. 작은 시작이지만 이것은 언젠가 위대한 출발점이 될
수 있다.

계획을 실천하고 그것을 실제 성공으로 옮기는 경험이
쌓이면 실천력이 높아져서 어려운 일도 자신 있게 도전할
수 있다. 만약 여러분이 실천 의지가 약해 작은 것조차 실
천하기 힘들다면 주변인 중 친구를 정하여 나의 실천 계획
을 말해보라. 혼자 계획하는 것보다는 입 밖으로 꺼내 발화
하면 실천 의지가 더 커질 수밖에 없다.

2) 꿈꾸는 미래를 입 밖으로 말하라

최인철 교수가 『프레임』에서 "자신이 가장 되고 싶은 이
상적인 자기를 만들어 보고, 그 사람의 이야기를 계속해서
들려주라."고 말했듯이 미래의 이상적인 나를 나와 다른 사
람들에게 계속 들려주어야 한다. 이상적인 나를 말하다 보
면 나의 계획을 다시 다짐하게 되고, 현재가 정리되고 변화
된다. 미래에 대한 희망이 현재를 움직이는 동력이 될 수
있다. 자신의 꿈을 자꾸 발화하면 실천의 동력이 되는 동시
에, 주변인들에게 자신의 이미지를 긍정적으로 보임으로써
다시 한번 힘을 얻게 된다.

3) 긍정의 힘을 가져라

애니메이션 〈개구쟁이 스머프〉에 나오는 투덜이 스머프

는 항상 "싫어."라는 말을 입에 달고 살면서 다른 사람과 잘 어울리지 못한다. 무슨 일이든 함께 하자고 하면 투덜거리며 자리를 피한다. 반면 연필을 항상 귀에 꽂고 다니는 편리 스머프는 밝은 얼굴과 긍정적인 마인드로 어려운 일도 척척 해낸다. 다른 스머프에게 도움을 줄 뿐만 아니라 도와줄 것이 없는지 물어보며 다닌다. 얼굴에는 항상 미소가 떠나지 않으며 힘들어하지도 않는다.

기업의 인사 담당자들은 '편리 스머프' 유형을 좋아한다고 한다. 인사 담당자뿐만 아니라 주변에 편리 스머프가 있다면 같이 있다는 것만으로도 주변인들은 행복할 것이다. 불평은 마음의 감옥이다. 성공한 사람들은 지나간 일에 미련을 두지 않으며, 바꿀 수 없는 현실을 불평하지 않는다. 대신 어떻게든 돌파구를 찾고 좋은 방향으로 일을 이끌어 가려고 애쓴다. 이런 긍정 에너지를 가지고 실천하기 위해 노력하는 자세가 중요하다.

4) 성공을 위한 계획을 세워라

조직관리 전문가 제인스 T. 맥케이는 계획의 중요성에 대해 이렇게 말했다.

"앞으로 무엇을 할지 마음속으로 그림을 그리면 그 그림대로 행동하게 된다. 만약 어떤 그림도 없다면, 즉 무엇을 할지 아무 생각이 없다면 아무것도 안 하게 된다. 한편 그림이 흐리거나 불분명하면 주저할 테지만, 분명한 그림이 있다면 단호하면서도 효과적으로 행동한다."*

성공을 위해서는 아무리 작은 일이라도 계획을 세워야 한다. 단기(하루, 일주일), 중기(한 달, 3개월), 장기(1년, 3년, 5년) 계획을 세우는 것이 중요하다. 우리는 앞에서 8개의 단계를 밟아오며 장기 계획을 세웠다. 해야 할 일과 하지 말아야 할 일에 대해서도 생각했다. 하지만 장기 계획은 먼 미래를 훑어보고 상상할 수 있는 가능성을 상정하지만, 구체적인 실천이나 계획을 불러오기는 어려울 수 있다. 그렇기 때문에 장기 계획을 구체화시킬 수 있는 단기와 중기 계획이 필요하다.

우선 계획표에 단기와 중기 계획을 만든 후 완성되었는지, 진행 중인지, 또는 실천 불가한지 체크한다. 단기 계획과 중기 계획은 1년 단위가 아니라 개월 단위로 세우므로 목표나 자신이 처한 상황에 따라 짧게 혹은 길게 느껴지기도 한다. 그렇기 때문에 상황에 따라 유연하게 대처할 수 있다. 장기 계획을 실천과는 거리가 있는 미래로 그렸다면, 단기와 중기 계획에서는 자신의 상황을 고려하여 최대한 실천 가능한 계획을 세우는 것이 중요하다. 머릿속에만 있는 계획을 항상 볼 수 있는 곳에 실물로 붙여 두고 수시로

* 케리 글리슨, 김광수 역, 『왠지 일이 잘 풀리는 사람들의 습관』, 새로운제안, 2002년

실천 여부를 점검하는 것도 좋은 방법이다.

5) 일주일에 한 번 정리하라

계획한 것을 어느 정도 잘 실천하고 있다면, 어떤 것을 더 해야 하며, 부족한 것은 무엇인지 정리하는 날을 정해 일주일에 한 번 검토하는 것이 좋다. 그래야 내가 가고 있는 방향이 맞는지 알 수 있다. 방향이 맞지 않다면 바로 수정할 수 있기 때문에 시간과 비용을 절약할 수 있다. 빠른 것을 추구하는 시대에는 속도도 중요하지만 일주일에 한 번은 쉼표를 찍고 목적과 방향이 제대로 가고 있는지 점검해야 한다.

이처럼 계획을 실천하는 과정에서 관심 있는 일을 계속 접하다 보면 더 좋은 기회를 만날 수 있다. 절호의 찬스와 행운은 계획하고 실천하는 사람에게 오는 것이다. 우리 주변에는 기회라는 비가 늘 내리고 있다. 준비되지 않은 사람에게는 그냥 내리는 비일 뿐이지만, 준비하고 계획한 사람들에게는 비가 아닌 기회로 보이는 것이다.

6) 경험자의 실적을 참고하라

경험 있는 사람들의 이야기에 항상 귀를 기울여야 한다. 취업 사이트에 보면 취업 성공기가 많이 있다. 계속 업그레이드되고 있으니 수시로 주시하여야 한다. "이 세상에 새로운 것은 아무것도 없다. 새롭게 보이는 것은 단지 당신이 모르는 과거일 뿐이다."라는 말이 있듯이, 다른 사람의 성공기를 참고하여 나에게 맞게 조정하는 것이 좋다.

그러나 성공한 사람의 스토리를 비판의식 없이 무조건 따라가는 것은 위험하다. 대부분의 성공기는 편집되어 과장된 것일 수 있다. 꼭 의도적이지 않아도 성공한 사람은 자신의 경험을 재구성하면서 부풀리기도 한다. 성공한 사람의 특정 조건과 상황, 환경을 무시한 채 그대로 받아들여 그것을 기준으로 삼다가 자신의 장점을 놓칠 수도 있다. 그러므로 필요한 능력과 정보를 비판적인 눈으로 선택하여 받아들이는 것이 중요하다.

그럼에도 불구하고 경험자의 성공 스토리를 참고하는 것은 중요하다. 경험자들은 그 일을 하기 위해 여러 가지 자료를 찾고 열심히 공부했다. 아무리 뛰어난 능력을 가진 사람도 처음은 다 서툴기 때문에 경험자들의 스토리를 참고해야 조금이라도 시간을 절약할 수 있다. 따라서 앞서 입사한 사람들의 취업 성공기와 스펙을 항상 점검해야 한다. 합격 스펙도 시대에 따라 계속 변하므로 이를 주시하는 것이 유리하다.

다시 스토리텔링을 하는 과정

계획을 실천하는 과정에서 전문성은 더욱 깊어지고 강화된다. 또한 실천을 행동으로 옮기는 과정에서 영역도 확장된다. 확장은 전문 분야와 관련된 영역이 넓어진다는 뜻이다. 영역을 확장하다 보면 내가 잘할 수 있는 것과 적성에 맞는 것을 찾을 수 있다. 그렇게 영역을 확장해가는 과정에서 실천 방법이나 목표가 수정될 수 있다. 계획은 절대적인 것이 아니다. 목표를 세우고 실천하는 과정에서 예상하지 못한 일이 발생할 수 있다. 그 과정에서 더 좋은 기회를 얻기도 한다.

전문화하고 확장되는 과정을 영웅의 여정과 비교해보자. 이는 새로운 미션(미래를 계획하며 미래 자기소개서를 쓰고, 그대로 실천하라는 미션)을 받아 집을 떠나는 것과 같다. 집을 떠나 여러 가지 고난과 역경을 겪기도 하고, 때로는 멘토나 조력자를 만나기도 하며 새로운 능력을 발견하기도 한다. 그래서 계획을 했다고 하더라도 실제로는 방향이 완전히 바뀌기도 한다. 그러므로 계획을 실천한 후 미래 자기소개서를 보면 상상으로 만들었을 때보다 전문화되고 확장되었다는 것을 알게 될 것이다.

자기소개서는 계획을 실천하면서 더욱 전문화되고 확장된다. 미래 자기소개서에 들어가지 않은 내용들이 생성되며 새롭게 스토리텔링되는 과정은 예측불가능하다. 또 처음 계획했던 것보다 더 많은 내용을 담을 수도 있다.

예를 들어 A, B, C를 기획했는데 A를 하다 보니 영역이 확장되어 A-1, A-2, A-3을 했다면 미래 자기소개서는 더 밀도 있게 변할 것이다. 여러분이 쓴 자기소개서의 이야기는 '스토리-두잉(Story-Doing)*'이란 과정을 거쳐 재스토리텔링으로 이어질 것이다. 이런 과정을 계속 기록해야 한다.

자신의 일정에 따라 계획을 실천하고 그날의 실천 사항을 기록해 보자. 이러한 과정은 계획을 세우는 자체보다 실천 후 기록이 중요하다. 특히 특별한 경험을 기록해놓지 않으면 그 사건은 기억하더라도 경험의 의미를 잊어버리기 쉽다. 그러므로 장점으로 강조할 만한 에피소드나 기업이 원하는 핵심 역량에 알맞은 키워드에 맞게 자신의 하루를 기록해야 한다. 일기 쓰듯 매일 기록할 필요는 없지만, 인상 깊은 경험을 적어두면 자기소개서 쓰기가 두려울 일은 없을 것이다.

그러므로 모든 스토리를 기록할 필요는 없지만, 자기소개서에 직무 적합성을 보여줄 나의 장점은 꼭 키워드 노트에 기록한다. 단, 기록이 많아질수록 정리를 꼼꼼하게 해야 한다. 내가 기획한 미래 자기소개서에 맞게 기록을 선별하

---

* '스토리'를 '두잉(doing)'하는 것이다. 여기서는 가상으로 썼던 자기소개서의 내용을 행동으로 옮긴다는 의미로 해석하면 된다.

고 정리한다. 일단 필요하다고 생각하는 스토리는 모두 기록하고 추후에 삭제하는 과정을 반복해야 한다.

● 내 스토리를 다시 스토리텔링하는 방법

① 미래 자기소개서에 쓴 내용을 실천하기 위해 노트를 준비한다.

② 실천을 하면서 일정대로 되고 있는지 수시로 점검한다.

③ 전문화와 영역 확장이 되어 가는 과정에서 새롭게 생성된 스토리를 키워드에 맞게 노트에 정리한다.

④ 키워드 노트를 일주일 단위로 정리하여 버릴 것은 과감하게 정리한다.

⑤ 미래 자기소개서를 바탕으로 자기소개서를 새롭게 완성한다.

부록

자기소개서 1:1 클리닉

1) 쓰고 싶은 것만 쓴 자기소개서
2) 장점을 직무와 연결한 자기소개서
3) 스토리텔링한 자기소개서
4) 스펙만 나열한 자기소개서
5) 자유 형식 자기소개서

자기소개서 스타일별 클리닉

인사 담당자가 자기소개서의 다음 장을 넘길지 그대로 내려놓을지를 결정하는 시간은 생각보다 짧다. 같은 양식의 서류를 계속 보는 사람들에게는 읽을 만한 가치가 있는지를 바로 알아보는 나름의 노하우가 있다. 그것은 형식이 될 수도 있고 첫 문장이 될 수도 있다. 그러므로 담당자의 시선을 끌 수 있는 자기소개서와 이력서의 형식, 첫 문장 등을 계속 고민하고 찾아보아야 할 것이다.

이 장에서는 지원자들에게 꼭 필요한 노하우와 실수하기 쉬운 부분을 중심으로 5개의 자기소개서를 살펴보려고 한다.

1) 쓰고 싶은 것만 쓴 자기소개서

저는 ○○대학교에서 경제학을 전공하고, 학회장을 하며 리더십을 키웠습니다. 추진력 있게 학교 축제를 진행했습니다. 저는 최고의 기업에서 최고가 되기 위해 지금까지 최선을 다했으며 준비된 인재라고 자신 있게 말씀드릴 수 있습니다. 동아리 회장으로도 리더십을 발휘했습니다. 해외 봉사 때도 부원들을 이끌었습니다. 귀사에 입사한다면 최고의 실력으로 최고의 실적을 내서 보답할 것을 약속드립니다.(하략)

Q. 활동한 내용을 정리하다 보니, A4 용지로 2장 정도 되는데, 너무 길고 지루해 보일까 봐 걱정이 됩니다. 쓰고 싶은 것은 많은데 어떻게 하면 제가 생각한 내용을 다 쓸 수 있을까요?

● 1:1 클리닉

자신이 리더십이 있고 추진력이 있으며, 글로벌 인재라고 직접적으로 주장하면 설득력이 떨어진다. 어떠한 근거 없이 자신의 장점을 키워드로 나열하는 것은 공허하게 보일 뿐이다. 리더십과 추진력을 보여주는 것은 경험과 스펙이며, 그것을 알아보고 판단하는 것은 심사자의 몫이다. 그러므로 자신이 생각하는 리더십과 리더 경험 등을 통해 리더십 있는 사람이라는 생각을 할 수 있도록 해야 한다.

자신이 쓰고 싶은 스토리를 주변 사람들에게 들려주고 생각나는 키워드를 적어 보도록 하는 '액션 아이디어 게임'을 추천한다. 객관성을 확보할 수 있기 때문에 자기소개서에 쓸 때 불안감이 해소될 것이다. 이때 내가 생각한 키워드가 나오지 않았다면 스토리의 배치와 내용을 더 다듬거나 다른 스토리를 고려해보아야 한다.

★ 내 자기소개서를 끝까지 읽게 하는 방법
① 상대방의 시각으로 쓴다.
② 상대방이 이해하기 쉽게 쓴다.
③ 상대방의 관심 순서대로 쓴다.

2) 장점을 직무와 연결한 자기소개서

저는 음악과를 졸업해서 오케스트라에서 첼로를 연주했습니다. 그런데 사고로 손가락을 다쳐서 연주 활동을 더 이상 할 수 없게 되었습니다. 어렸을 때부터 음악 공부만 해서 다양한 악기를 다룰 수 있지만, 취직을 생각해보지 않았기 때문에 취업 준비를 하지 못했습니다.

제 장점은 남의 말을 잘 듣는 것입니다. 음악을 오래 하다 보니 어떤 노래든 듣고 바로 연주할 수 있고, 사람들의 말도 들으면 음악처럼 기억합니다. 그래서 친구들에게도 "내가 했던 이야기를 잊지 않고 기억해주어서 고맙다."라는 말을 자주 듣습니다.

좋은 연주를 하기 위해서는 모든 악기들의 특징을 알고 조화를 이룰 수 있는 방법을 연구합니다. 그래서 저는 사람들의 성격이나 특징을 잘 파악합니다. 공연을 할 때나 워크숍을 갈 때 사람들의 특성을 파악하여 그들이 할 수 있는 일을 배정하고 조율하는 역할을 맡아서 하고 있습니다.(하략)

Q. 이처럼 제가 입사하려는 회사와 전혀 맞지 않는 일을 했는데 제 장점을 직무와 어떻게 연결하면 좋을까요?

● 1:1 클리닉

신입사원은 누구나 입사해서 일을 새로 배워야 한다. 직무에 맞는 전공을 했다면 일을 쉽게 배울 수 있겠지만, 그렇다고 그것이 일을 잘할 수 있는 필수조건은 아니다. 사례자가 말한 자신의 장점은 경청과 조화를 만들어내는 능력이다. 보통 입사해 3년 정도까지는 성과를 내기보다는 일을 배우는 단계이다. 이때 기업은 단기간에 익힐 수 있는 작업 또는 단순한 업무를 수행하는 과정을 통해 타고난 기질 또는 습관을 파악한다.

사례자의 조율 능력은 타고난 기질로 볼 수 있다. 이런 능력은 회사 직원 개개인의 특성을 파악해서 전체적으로 조화를 이룰 수 있도록 하는 총무부의 인사 담당 부서에 맞을 가능성이 크다. 회사 업무 중에는 혼자보다는 여러 사람이 함께 어울려 시너지 효과를 내야 하는 일이 많다. 경청 능력을 살려 직원들의 목소리에 귀를 기울이고 조율하는 역할은 아주 중요하다. 자신의 경험과 능력을 연결하여 자기소개서를 써서 총무 부서의 인사 담당에 지원한다면 좋은 결과를 얻을 수 있을 것이다.

★ 본인의 장점과 직무를 연결하는 방법
① 직무를 꼼꼼히 분석한다.
② 직무에 맞는 나의 장점을 모두 적는다.
③ 장점에 맞는 에피소드를 찾아 쓴다.

3) 스토리텔링한 자기소개서

저는 인턴 경험은 없고 대학 재학 중 커피 전문점과 음식점에서 아르바이트를 한 것이 전부입니다. 제가 생활비를 벌어야 했기 때문에 아르바이트를 할 수밖에 없었습니다. 저는 다른 커피 전문점이나 음식점에 가면 직원들의 행동을 유심히 관찰하거나 맛에 대해 평가를 해보는 편입니다. 커피 전문점에서 일하면서 바리스타 자격증도 따고, 저만의 커피를 개발해서 매출을 늘리기도 했습니다. 현재 일하고 있는 커피 전문점에서는 3년 동안 꾸준히 일해서 매니저가 되었습니다. 단골손님도 많이 늘어 멀리서 일부러 찾아오는 분도 있습니다. (하략)

Q. 저는 아르바이트만 열심히 했습니다. 이런 것도 자기소개서에 쓸 수 있을까요?

● 1:1 클리닉

평생직장 개념이 사라지고 이직율도 높은 요즘, 대기업의 경우 입사 후 1~2년은 일을 배우고 실전에 적용하는 기간이다. 그런데 그 단계가 지나기도 전에 이직을 하면 그동안 직원에게 투자한 비용이 그대로 손실로 이어진다. 그런데 사례자의 경우 3년 동안 같은 곳에서 아르바이트를 했다는 점은 책임감을 보여줄 수 있는 좋은 사례이다.

또한 커피 전문점에서 일하는 모든 아르바이트생이 바리스타 자격증을 따는 것은 아니다. 아르바이트 경험을 자신의 개인적 역량으로 바꾸는 능력은 평가에 긍정적인 영향을 미칠 것이다. 또한 신메뉴를 개발한 점은 커피에 대해 공부했다는 뜻이다. 자신이 개발한 메뉴로 매출을 올린 것은 인턴 경험보다 점수를 많이 받을 수 있다. 그러나 자기소개서를 쓸 때에는 '매출을 올렸다.', '찾아오는 손님들이 늘어났다.'라고 쓰는 것보다 매출 금액과 단골 수를 정확한 숫자로 쓰는 것이 좋다.

★ 질문으로 자기소개서 쓰기

① 커피 전문점에서 아르바이트를 시작하게 된 이유는?

=〉직무와 연결하여 설명하기

　예) 커피를 좋아해서 나만의 커피를 만들어 보고 싶었고,

　매장 관리와 고객 응대법을 직접 경험하고 싶었다.

② 커피 전문점 아르바이트로 어떤 일을 했는가?

=〉직무와 연결하여 구체적으로 설명하기

　예) 전문점에서 판매되는 여러 종류의 커피를 모두 만들어

　보고 싶어 바리스타 자격증을 취득했으며, 여러 원두를 섞어

　나만의 블렌딩 커피를 만들어 판매하였다. 고객들에게 커피

에 대해 설명해주며 다양한 연령대의 손님들을 잘 응대했다.

③ 하루 평균 몇 명의 손님을 응대했는가?

=〉숫자를 구체적으로 써서 설명하기

　예) 매일 100명 정도 응대했다. 자주 오는 손님들의 입맛을
기록해놓았다가 재방문 시 친근한 목소리로 "오늘도 진하게
드릴까요?"라고 물어보았다. 그 결과 하루 100명에서 120
명으로 늘어났다.

④ 아르바이트를 통해 어떤 성장을 하게 되었는가?

=〉성장하고 발전된 모습 보여주기

　예) 아르바이트를 하면서 바리스타 자격증 취득, 나만의 블
렌딩 커피를 만들었다.

⑤ 아르바이트를 하면서 어려운 점은 무엇이었는가?

=〉갈등을 해결한 방법 쓰기

　예) 아이스커피를 주문하고 따뜻한 커피를 주문했다고 우기
는 경우도 많은데 그럴 때는 고객의 기분을 맞추어서 서비
스했다.

⑥ 어떤 실적을 냈는가?

=〉실적 부분을 숫자로 정확하게 표시하기

　예) 매장에서 시간대별로 잘 팔리는 음료를 파악했다. 손님

들의 얼굴을 기억해 인사를 건네니 단골손님이 늘었다. 직원을 더 늘렸는데도 불구하고, 점심시간 할인 이벤트로 매출이 130% 정도 올라갔다.

⑦ 배운 점은 무엇인가?
=〉배운 점과 그것을 회사에서 어떻게 적용할 것인지 쓰기

예) 사람은 누구나 자신을 알아봐주는 사람에게 호감을 보인다는 것을 알게 되었다. 내가 ○○매장의 관리자로 입사한다면 자주 오는 고객들의 성향을 꼼꼼하게 정리하여 매장 직원들과 공유하겠다. 집처럼 편안하고 가족처럼 친근한 매장으로 만들 것이다.

4) 스펙만 나열한 자기소개서

> Q. 대학생활 동안 열심히 스펙을 쌓았어요. 인턴과 봉사, 교환학생과 동아리 회장, 학생회 임원 등 쓰고 싶은 내용이 너무 많습니다. 열심히 쌓은 스펙인데 보여주지 못한 것들이 많으면 너무 아까울 것 같아요. 스펙만 나열한 자기소개서로 보이지 않으려면 어떻게 써야 할까요?

● 1:1 클리닉

우선 다음 두 개의 자기소개서를 비교해보자.

① 나열식 자기소개서

저는 대학생활 동안 열심히 살았습니다. 연극 동아리인 ○○동아리 회장으로 부원들을 이끌었으며, 독거노인 말벗 봉사로 500시간의 봉사활동을 했고, 캐나다로 교환학생을 다녀왔습니다. 또 학생회 임원으로 학교에 이바지했으며, ○○기업에서 인턴을 했습니다.

② 스토리텔링식 자기소개서

아버지가 돌아가신 뒤 평생 전업주부로 산 어머니께서 우리 형제를 키우기 위해 일터로 나가셨습니다. 친척이 하는 음식점 주방에서도 일하시고, 길거리에서 장사도 하시면서 여러 가지 일을 전전하시다 찾은 직업이 요구르트 아줌마였습니다. 어머니께서 요구르트를 판매하시면서 가정 형편도 좋아졌고, 무엇보다 어머니께서 즐겁게 일을 하셨습니다. 저는 어머니께 자랑스러운 아들이 되기 위해 열심히 공부했고, 좋은 성적으로 원하는 대학에 입학해 4년 장학금으로 학교를 졸업했습니다. 취직 준비를 할 때 어머니께서는 아들이 ○○요구르트에서 일하는 모습을 보는 게 꿈이란 말씀을 자주하셨고, 저 또한 저를 키워준 ○○요구르트에서 저의 재능을 펼치고 싶다는 생각을 했습니다.

저는 남들처럼 어학연수를 다녀온 적도 없고, 해외봉사 경험도 없습니다. 4년 동안 쉬지 않고 아르바이트와 공부를 병행하며 열심히 노력했던 성실성과 많은 사람을 만나며 소통했던 경험이 있습니다. 영업 분야의 전문가로서 ○○기업의 발전에 기여할 수 있는 인재로 성장할 수 있을 것이라 확신합니다.

● 1:1 클리닉

둘 중에 어떤 자기소개서가 자신을 잘 표현한 것일까? 자기소개서에는 핵심만 담아야 한다. 나열식 자기소개서는 마치 이력서와도 같다. 이력서를 따로 제출하는데 자기소개서에 굳이 같은 내용을 기록할 필요가 있을까? 일단 많은 경험을 했으니 좋은 평가를 받을 것이라고 생각하는 것은 오산이다. 한마디로 가장 재미없는 자기소개서의 전형이다. 그러니 단 한 가지 경험이라도 자신의 장점과 지원하는 직무에 맞는 사례로 꼼꼼히 작성해야 한다.

만약 스펙이 많고 보여줘야 할 것이 많다면 이력서에 있는 경력란과 활동란을 이용하는 것이 좋다. 그런데 이력서에 스펙을 나열할 때도 주의할 점이 있다. 많은 사람들이 이력서에 자신의 활동을 ○○동아리 회장이나 ○○봉사활동 등 한 줄로 표현하곤 하는데, 한 줄짜리 스펙도 구체적인 키워드로 써야 한다.

예) 지역아동센터 봉사
① 다문화 가정 학생 한글 교육
② 출석앱을 활용한 안심귀가 시스템 구축
③ 그림책을 활용한 한글 배우기 교재 만듦

지역아동센터에서 교육 봉사를 경험한 사람들은 많다. 그래서 이력서에 '지역아동센터 봉사'라고만 쓰면 그 자체로 특별한 경험이 될 수 없다. 누구나 한 번쯤 하는 봉사활동으로 취급받을지도 모른다. 이력서에 봉사를 하며 어떤 성과를 냈는지 기록한다면 자기소개서에 쓰지 않더라도 면접에서 질문이 나올 것이고 이를 더 부각시킬 수 있게 된다.

또한 학교생활이나 취업 기간에 동아리나 스터디에 참여했다면 구체적인 활동 사항이 있을 것이다. 동아리 활동으로 보여줄 수 있는 실적이 있다면 꼼꼼하게 작성해야 한다. 나열 방식이 아니라 자신이 낸 실적을 위주로 지원할 회사의 성격에 맞는 직무 적합성이 보이도록 적는다.

예) 대학연합연극동아리 회장

① 매년 2회 대학연합 공연

② SNS를 통한 마케팅으로 유료 관객 500명 동원

③ 공연 영상을 유튜브에 공유해서 조회수 25,000회 달성

④ 매년 2회 노인복지회관 공연 봉사

★ 눈에 잘 띄는 이력서

① 자신의 주관적 관점이 아닌 기업 관점에서 작성한다.

② 숫자를 활용하여 구체적으로 제시한다.

③ 학력, 직무 경험, 대외 활동, 자격증 순서로 작성한다.

④ 서류의 형식을 통일성 있게 작성한다.

⑤ 수상 내역은 주최 기관이나 성과를 위주로 작성한다.

⑥ 활동에 대한 구체적인 성과 키워드로 작성한다.

5) 자유 형식 자기소개서

외국계 회사의 경우에는 대부분 자유 형식의 자기소개서를 요구한다. 형식이 있는 것도 어려운데 형식까지 만들어써야 하니 어려울 수밖에 없다. 하지만 형식이 없다는 것은 나의 문서 능력과 창의력까지 보여주어 장점을 극대화할

수 있는 기회이기도 하다. 자신의 프로필을 프레젠테이션 한다고 생각하며 자유롭게 작성해본다.

다음 예시는 '와이000'라는 스토리텔링 회사의 홍보팀에 지원한 지원자의 자유 형식 자유소개서이다.

● **자유 형식 자기소개서 예시**

와-이- 정유진

글로 쓰는 디자이너 이야기

2019.9

목차

와- 이유 있는 도전

성격 및 생활신조

내가 늘 움직이는 이유는 잘 살아내고 싶어서입니다.

#아모르파티
#9to5대회 #꿈 공포증극복
#엄마 #책사가
#장점 #단점

생활신조 | 이제는 흔한 말이 된 아모르 파티(amor fati), 인생을 사랑하라가 저의 좌우명입니다. 내 인생을 긍정하고 다시 산다고 해도 후회 없을 삶을 만들어가는 나에게 맡을 좋아합니다. 그래서 후날 돌아봤을 때 스스로 칭찬도고 할 만큼, 어떠한 최선을 다하자는 삼투적인 맡을 신조로 저는 움직입니다.

도전 1 | 최근의 최선은 지난 8일에 수영 대회를 준비한 것입니다. 물 공포증이 있는 제가 출발 연습을 하면서 5m의 다이빙 깊이에 몰면서 좌절할 때, 다시 돌아오지 않을 시간이 아쉬워 힘찬맡기 마음가짐으로 물의 깊이를 몸에 익혔습니다. 하루에 수경장에 3번 갈 정도로 노력했고, 비록 결과는 좋지 않았지만 후회 없는 과정에 제 인생의 빛나는 순간의 이야기가 됐습니다.

도전 2 | 재작년, 임마가 되고 임마라는 이름으로 평소에 하지 않았던 것을 극복해보고자 10 관에 달하는 삼국지를 시작으로 한 해에 60권의 책을 읽은 노력을 한 것입니다. 평소 필요한 정보를 얻는 것으로 책을 봤었는데, 완독하여니 쉽지 않았습니다. 그렇다면 한 권 두 권 읽다 보니 책을 읽는 속도도 빨라지고 읽이는 책을 보면서 작은 행복을 느꼈습니다. 이기가 더 크는 바람에 작년과 같은 독서는 못 하지만 한 달에 못해도 세 권 읽기에 노력 중입니다. 책을 읽으며 노력의 보상이 주는 기쁨을 알았고, 힘든 것도 꾸준히 하면 습관이 되어 나를 더 단단하게 만드는 것을 느꼈습니다.

임마의 보완점 | 저는 노력파이기보다 시간을 잘 쓰는 데에 욕심이 많은 사람입니다. 그래서 못하는 것으로 좌절할 때면 시간이 아깝다는 생각이 보이 들고 그 생각이 저를 노력과 극복이라는 어찌 보면 우수한 행동으로 연결되는 것 같습니다. 시간을 잘 쓰고 난 직후에 모든 힘이 소진되어 우울감에 빠지곤 하는데 그래서 혼자 정리 할 시간이 필요합니다. 때때로 게으름에 빠질 때가 있습니다. 그럴 때면 이 막강한 게으름이 찾아오기 전에 이 빨리 처리하려고 합니다. 왜나 할 일에는 적극적이지만, 생각을 통해 결정하는 데에는 그 속도가 아주 더딘 편입니다. 그래서 차에게는 마감 기간이 있거나 옆에서 조율을 해주는 사람이 있으면 일의 효율이 높아집니다.

와—
이름'값'
할 때까지

정유진이면 믿고 맡긴다는 말과, 역시-라는 말을 많이 들었습니다.
저를 믿어주는 사람에게 그 값을 치르고 싶었습니다

#정유진
#신뢰 #책임감
#이름값 #책임값

정유진에게 | 저의 장점 중 하나는 여러 시각에서 본다는 점입니다. 그리고 그중에 이상적인 방향으로 나아갑니다. 그런 시각 덕분인지 좀 다르다는 말을 들었습니다. 감각 있다, 일 잘한다 말을 들었고 저의 이름값을 기억하는 사람이 많았습니다. 그래서 이름에 책임을 느낍니다. 신뢰의 매력을 알고, 그것을 잃지 않기 위해 책임이라는 값을 치릅니다. 제가 바라는 정유진 이름의 뜻은 '전체를 아울러 결과가 평균 이상인 사람'입니다.

1. 학습지원 | 현장선생님은 학부모 상담 때 부모와 아이 개인의 심리특성을 사전조사에서 상담에 활용했습니다. 그 덕분에 아이 성격의 원리를 생각해보는 계기가 되었습니다. 자기주장이 강하고 하고 싶은 것만 하려고 하는 아이에게는 특히 더 규칙을 주었습니다. 쉬운 것부터 규칙을 손수할 수 있도록 했고, 친구를 도와주는 역할을 하도록 유도했습니다. 풀리지 않는 것에 강박을 가진 아이가 스스로 잘못 그렇다 판단하고 다시 그림을 그린다고 할 때면 실수도 이야기가 될 수 있도록 새로운 이야기에 관해 같이 고민했습니다. 하나의 주제에도 아이의 매우 다양한 접근 방식이 필요했습니다. 특강은 동그라미지만 누구에게나 외계인이 들어오는 일이고 누구에게는 내가 좋아하는 친구가 말글어있었습니다. 그림은 마음을 표현하는 방법이었고 개개인의 이야기가 되었습니다. 1년간 아이들의 이야기 조각지를 하면서 시각을 넓히는 연습을 했습니다. 이후 타인을 향하는 디자인과 기회를 하면서도 여러 관점에서 접근할 수 있었습니다.

2. ㅅㅁㅌ 이벤트 기획자 | 야구가 개막되기 직전에 입사한 터라 입사 직후부터 바쁘게 제작물을 디자인하고 발주했습니다. 시즌이 시작하면서 디자인 일이 많아졌고 아무로 나가 온라인상 일에서 이벤트 준비와 진행요원 관리를 했습니다. 과거에는 그 역할을 남자들이 담당했습니다. 힘이 일이 필요한 자리고 거친 일을 하는 자리였습니다. 상대적으로 힘이 약한 저는 결국 일이 나가는 것과 마찬가지였기 때문에 조금 더 움직이려고 노력했습니다. 회사 살림님은 지에게 야생에서 자라는 것 같다고 말했습니다. 실제로 점점 강인해지고 있었고 현재의 자체라고 남의 영역을 정착하게 했습니다. 진행을 담당하면서 표출과 위기에 대처하는 방법을 배웠습니다. 이름에 뒤는 방송실 담당에 보조 역할을 했고 시절 이전의 계획들을 세웠습니다. 카메라 송출, 음향, 음악 등 이벤트 외에 할 것들을 배웠습니다. 제가 맡은 역할이 넓어졌고 저를 찾는 사람들이 점점 늘었습니다. 대처 해야 할 상황들은 더 복잡하고 다양해졌습니다. 그대는 해에는 방송을 전체를 맡았고, 또 다음 해에 총괄 디렉터가 됐습니다. 전체 컨셉 및 내용을 기획하고, 에스컬란트라는 큰 산도 저어야 했습니다. 일어 없이 일했고 점점 발전하는 사람에 대해 뿌듯함과 자신감이 한껏 올라왔습니다. 많은 사람이 저에게 신뢰를 주고 인정의 말들을 했습니다. 활황타동함고 책임이라는 직책을 준 윗줄에 보답하도록 더 예민습니다. 그러던 어느 날, 저는 중대한 실수를 했습니다. 많은 것을 맡았고 과부하가 걸린 저는 업체 섭외를 빠트렸습니다. 팀원들은 부재를 알았지만 원래 계획인 줄 알았다고 말했습니다. 활활 타는 열기에 튀었들은 찾아오지 못했고 저는 인지까지 못했습니다. 빨리 가려면 혼자 가고 멀리 가려면 같이 가라는 속담이 떠아르게 새겨졌습니다. 그 시절을 돌이켜보면 저는 제 나름 충분히 잘했다고 생각합니다. 하지만 확실히 부족한 부분들도 있었습니다. 스스로 체력질을 하면서 그 책임이 얼마 따라오는 팀원에게 취했는지도 모르겠습니다. 소통하지 못한 저를 반성하며 책임에 가장 중요한 건 소속 관리하는 것인 걸 알았습니다.

와—
이런 것을
했어요 1

롯데자이언츠의 팬 유입을 위한 2016 연간 컨셉을 제안

'랜드마크의 영상을 되찾자' 컨셉으로

- 롯데자이언츠의 관중 수가 줄고 있다. 구도 부산의 영상을 잃은 지는 이미 오래건 야구뿐만 아니라 볼거리 즐길 거리를 많이 만들자.
  야구 없는 날에도 사직구장을 찾게 만드는 이벤트
  (ex-영화상영, 플리마켓, 야구장 개방 등)

- 야구장의 매력은 다 함께 노는 것.
  함께하면 더 좋은 이벤트
  (ex- 응원문화, 기부, 플립파티 등)

- 치어리더, 자이언츠 마스코트 등이 부산 곳곳에 찾아가는 이벤트
  (ex-유치원, 학교 등)

결과 - 경쟁 피티 낙찰. 이벤트 실행률 70%

와—

이런 것을
했어요 2

2015년 시즌을 시작 시작 전 팬들에게 출범을 알리는 출정식 제안

- '다시 뛰는 거인의 심장' 이라는 연간 컨셉에 맞춰 컨셉 이미지 제안
- 타임 테이블 및 세부 내용 기획
- 시회자 대본 작성 참여
- 무대 시안 및 제작 조율
- 실내 대형 현수막, 선수 현수막, 포토월, 초대장 등 각종 제작물 제작

결과 - 실행 100%
　　　단기간 최대 매출달성

와—
Why 정유진?

이 정유진?!

생각의 흐름이 긍정적 판이고 말 배웁니다.
그리고 저는 교육에 대한 관심이 많습니다.

#아이디어뱅크 #마위돌한실행
#성격좋음 #재미를추구하는사람
#교육 #창의 #미래

1. A to Z

기획에서 디자인까지,실행되 결과보고도 밤 먹듯 했습니다.
경험치가 높습니다.

2. 좋은 태도

끝까지 배우려면 태도가 중요하다고 생각합니다.
넘어져도 잘 일어납니다.
구렁팅이에서도 재미를 찾으려고 합니다.
더 좋은 방향을 위한 생각을 많이 합니다.

3. 교육

저는 특히 학생들의 교육에 관심이 많습니다.
저에게는 딸이 있고 딸 같은 사촌 동생도 있습니다.
저는 그들의 미래에 행복하면 좋겠습니다.
나은 미래의 시작은 지금의 창의적 교육이라고 생각합니다.

와

이제부터

또 나답게

와이스토리에서 새로운 시작을 하고 싶습니다.

#새로운시작 #와이스토리
#나답게밀활짓

지원동기 | 저는 방탄소년단을 좋아합니다. 그 이유는 너무도 인간적이기 때문입니다. 아이돌이라는 이상적인 모자신임에도 불구하고 팬에게 가끔 없는 이야기를 합니다. 너무 이상적인 길을 걷는 그들이 너무도 인간적인 절차를 밟으며 노력하는 모습에 존경심과 경외심을 느낍니다. 분기별 행사를 하는 휴대전화로 와이스토리를 검색했습니다. 제품소식에 바로 컴퓨터를 켰습니다. 지원하려고요. 제가 와이스토리를 좋아하는 이유는 너무도 인간적인 냄새가 나기 때문입니다. 한 명의 사람이 꿈을 꾸고 회사를 살리며서 나아가는 과정을, 결코 한 문장에서 끝나지 않을 많은 이야기를 봤습니다. 그래서 저는 와이스토리에 실명 불가한 애착이 있습니다. 애착을 제외한 호감을 말한다면 교육, 배움, 열린 사고를 키워드로 뽑을 수 있습니다. 이 세 가지 모두 근원적으로 제 마음을 흔드는 것입니다.

나답게 | 저를 둘러싼 많은 '나'가 있습니다. 아내로의 나, 엄마로의 나, 딸로의 나, 친구와의 나, 취미 생활 중 마스코트 같은 나, 책을 읽는 고독한 나, 이렇게 많은 내가 어떤 '나'를 수행하면서 또 다른 나를 택할 수 없어 종종 고민에 빠집니다. 밸런스가 중요하다고 하는데, 이런 느낌일까요? 하지만 저는 본디 균형을 맞추지 못하는 사람입니다. 마음을 줘서 상처받고 이상적이라 현실에 실망합니다. 많은 상처를 받았기에 마음이 100이면 80을 밥바치면 100을 주고 상처를 받아도 훌훌 털어버리는 뻔뻔함이 장착됐습니다. 저는 열심히 살 거예요. 안 그런 척 그림 겁니다. 어리거 아픈 만큼 집중 하고, 신랑이나 친구와 일과 관련된 질문을 대화 선상에 놓고 싶습니다. 문제가 둘러면 누구보다 보람을 느끼고 일의 강약에 재미를 보는 삶을 살고 싶습니다. 그게 제일 나다운 태도입니다.

운문날 포부 | 아기를 낳고 사회생활에 동떨어져 살면서 나란 존재가 지극히 사회적인 동물이라는 생각을 많이 했습니다. 지난 사회생활에 대한 반성과 새로운 사회생활의 기대로 최선을 다할 준비가 돼 있습니다. 또 만약 제가 입사하여 역할을 발휘할 기회가 온다면 그 이전에 출근 인사를 할기게 하고 싶습니다. 아기를 키우면서 매일의 시작이 곳모닝이었습니다. 물론 말했던 기계적 발음을 때가 많았지만 그런데도 불구하고 아기와 저는 웃어서 행복한 시작을 했습니다. 그래서 저는 기회가 된다면 와이스토리에서 그 마법을 쓰고 싶습니다.

● 1:1 클리닉

회사의 상호명과 연결하여 제목을 붙이고, 이야기를 만드는 회사의 특성을 잘 파악하여 자유 형식 자기소개서를 작성했다. 회사에 대한 이해도가 높으며, 지원하는 홍보 파트에 맞게 관련 이력을 잘 정리했다.

자유 형식의 예

형식	내용 예시
표지	- 이름, 연락처, 이메일, 블로그 주소와 사진 등을 넣는다. - 출생부터 현재까지의 히스토리로 구성한다. - 연령에 따라 인생 그래프로 구성한다. - 연령에 맞는 키워드로 구성한다. - 사건과 사진을 연결하여 구성한다. - 약 1~2장 쓴다.
이력 사항	- 학력, 대외활동, 자격증, 인턴이나 아르바이트 경험, 어학 능력, 컴퓨터 활용능력 등을 쓴다. - 약 1~2장 쓴다.
직무와 연결한 자기 소개	- 직무와 연결된 자신만의 특화된 장점을 쓴다. - 직무 관련 경험을 쓴다. - 직무와 연결된 내 생각과 미래 비전을 쓴다. - 장단점, 경험, 미래 비전으로 나누어 쓴다. - 경험을 더 많이 어필하고 싶다면 경험만 따로 쓴다. ※ 자기소개서의 질문을 생각하며 구성한다.
마무리	- 각오나 다짐을 쓴다.